魔《ま》女《じょ》館《やかた》と怪《あや》しい科《か》学《がく》博士《はかせ》

魔女館PART5

つくもようこ／作　CLAMP／絵

講談社 青い鳥文庫

もくじ

みんな、毎日《まいにち》おいしく食《た》べてる？

おいしい食事《しょくじ》やおやつを食《た》べるときって、幸《しあわ》せを感《かん》じるよね。

わたしは天河《てんかわ》あかり。おいしいものと魔法《まほう》が大好《だいす》きな小学《しょうがく》六年生《ねんせい》。

太陽《たいよう》のペンダントをしているのがわたしだよ。

わたしのうしろにいる美人《びじん》のお姉《ねえ》さんは、イタリア人《じん》のラウラさん。

困《こま》ったとき、いつも助《たす》けてくれる、とってもたよりになる人《ひと》なんだ。

真《ま》ん中《なか》にいる男《おとこ》の人《ひと》は、テレビで人気《にんき》の脳能《のうのう》科学者《かがくしゃ》、西円洲《さいえんす》博士《はかせ》。

なんと、わたしの脳能力《のうのうりょく》を認《みと》めて、博士《はかせ》の研究所《けんきゅうじょ》に招待《しょうたい》してくれたの。

わたし、ほんとうに魔法《まほう》の才能《さいのう》があるのか、博士《はかせ》に調《しら》べてもらいたい！

親友《しんゆう》の藤原《ふじわら》さつき、安倍亮太《あべりょうた》、草薙《くさなぎ》ガロア（眼鏡《めがね》をかけてる子《こ》だよ）といっしょに、研究《けんきゅう》所《じょ》へ行《い》くことにしたのだけど……。

西円洲博士《さいえんすはかせ》って、なんだか普通《ふつう》の科学者《かがくしゃ》じゃないみたいなの。

研究所《けんきゅうじょ》で、なにが待《ま》ってるのかしら？　ドキドキするけど、行《い》ってきます！

1 脳能科学者《のうのうかがくしゃ》、西円洲博士《さいえんすはかせ》登場《とうじょう》！

こまった……。わたし、天河《てんかわ》あかりは、こまっている。ほんとうにホントにこまってる。

だってね、今日《きょう》は金曜日《きんようび》なのに、授業《じゅぎょう》がない。一時間目《じかんめ》から、六時間目《じかんめ》まで、全部《ぜんぶ》！

授業《じゅぎょう》がないなら、うれしいはず……って？　そう！　だからうれしすぎて、こまってるの！

今日《きょう》は待《ま》ちに待《ま》った校外学習《こうがいがくしゅう》の日《ひ》。

朝《あさ》から貸《か》し切《き》りバスに乗《の》って、「まほろば市《し》みんなの科学館《かがくかん》」へむかっているところなんだ。

「校外《こうがい》で学習《がくしゅう》する。」と言《い》ったって、教室《きょうしつ》の外《そと》で算数《さんすう》をするわけじゃないし、バスは渋滞《じゅうたい》もなく快適《かいてき》に走《はし》ってるし、窓《まど》からの景色《けしき》はいいし、遠足《えんそく》へ行《い》くみたい、いい気分《きぶん》。

それに、校外学習《こうがいがくしゅう》の中身《なかみ》もスゴイスペシャルなんだもんね。

「ふんふんふ〜ん♪」

あまりにも楽《たの》しみで、ついつい鼻歌《はなうた》が出《で》ちゃったわ。

「おい、あかり。ずいぶん楽《たの》しそうじゃん！　バスに乗《の》ってるの、そんなにウレシイのか？」

前《まえ》の座席《ざせき》のリョータが、ふりむいていじわる言《い》った。

「フン、それはリョータでしょ？　校外学習《こうがいがくしゅう》が楽《たの》しみなのに決《き》まってるでしょ。だって……。」

って、言《い》いかけたら、

「あの、西円洲博士《さいえんすはかせ》の特別授業《とくべつじゅぎょう》なんだもの、ねっ！」

さつきが興奮《こうふん》ぎみに、言葉《ことば》をつづけた。そうなんだ。テレビにもよく出《で》てる、あの超有名《ちょうゆうめい》な科学者《かがくしゃ》、西円洲博士《さいえんすはかせ》が、特別授業《とくべつじゅぎょう》をしてくれるんだよ。

「あっ、『みんなの科学館《かがくかん》』が、見《み》えてきた。」

ガロアが外《そと》を指《ゆび》さし、みんながいっせいに、窓《まど》の外《そと》を見《み》た。

高速道路《こうそくどうろ》の高架橋《こうかきょう》のむこうに、ピカピカ銀色《ぎんいろ》に輝《かがや》く、ドーム形《がた》の屋根《やね》が見《み》えてきた。うひょー、いよいよ着《つ》くね。うれしくて、胸《むね》がドキドキしてきた。


わたしたちを乗《の》せたバスが、『みんなの科学館《かがくかん》』の駐車場《ちゅうしゃじょう》にはいった。広《ひろ》い駐車場《ちゅうしゃじょう》には、たくさんのバスが停《と》まっている。なんだか混《こ》んでるぞ。

バスをおりて、班《はん》ごとにキチンと並《なら》んだら、吉野先生《よしのせんせい》が、前《まえ》に出《で》て話《はな》しはじめた。

「みなさん、今日《きょう》の校外学習《こうがいがくしゅう》は、とても貴重《きちょう》な経験《けいけん》ができます。楽《たの》しみですね！　しっかり講師《こうし》の先生《せんせい》のお話《はなし》をきいて、学校《がっこう》へもどったら、感想文《かんそうぶん》を書《か》いてください。いいですか？　では、一組《くみ》から順《じゅん》にはいりましょう。」

気《き》のせいか、先生《せんせい》もうれしそうだ。

わたしたちは、お行儀《ぎょうぎ》よく、列《れつ》のまま特別授業《とくべつじゅぎょう》の会場《かいじょう》、大《だい》ホールへむかった。ホールの扉《とびら》をあけると……。

うわっ、スゴイ熱気《ねっき》！　めちゃくちゃたくさんの小学生《しょうがくせい》で、埋《う》めつくされている。

「へぇー、よその小学校《しょうがっこう》も来《き》てるんだね。バスがたくさん停《と》まっていたもんね。」

わたしは会場《かいじょう》を見《み》まわし、思《おも》わずつぶやいた。

座席《ざせき》の最前列《さいぜんれつ》を見《み》ると、小学校名《しょうがっこうめい》を書《か》いたプレートが、ズラッと並《なら》んでる。わたしたちは、『まほろば小学校《しょうがっこう》』の席《せき》についた。

「先生《せんせい》が言《い》ってただろう？　今日《きょう》は、まほろば市《し》の全部《ぜんぶ》の小学《しょうがく》六年生《ねんせい》が、集《あつ》まってるんだぜ。」

席《せき》につくなり、リョータがヤレヤレって顔《かお》をした。

「ほら、新聞《しんぶん》に大《おお》きく掲載《けいさい》されてたじゃない。西円洲博士《さいえんすはかせ》の新《あたら》しい研究所《けんきゅうじょ》が、まほろば市《し》にできた記念《きねん》に、『まほろば市《し》みんなの科学館《かがくかん》』の名誉館長《めいよかんちょう》に任命《にんめい》されたって……。」

さつきが言《い》ってる記事《きじ》は、見《み》たことがある。

「うん、それは知《し》ってるよ。で、それと今日《きょう》は、どんな関係《かんけい》があるの？」

「あかりってば、ホントに先生《せんせい》の話《はなし》きいてないのね。名誉館長《めいよかんちょう》の最初《さいしょ》の仕事《しごと》が、今日《きょう》の特別授業《とくべつじゅぎょう》よ。しかも、まほろば市《し》の小学《しょうがく》六年生全員《ねんせいぜんいん》を招待《しょうたい》してくれて！　さすが、西円洲博士《さいえんすはかせ》ね。」

さつきが、うっとりしている。おおっ、それで博士《はかせ》に会《あ》えるんだ。初耳《はつみみ》だわ。だってわたし、西円洲博士《さいえんすはかせ》に会《あ》えるってきいて、それで大満足《だいまんぞく》の大興奮《だいこうふん》だったから……。

それはさておき、西円洲博士《さいえんすはかせ》はね、「脳能科学《のうのうかがく》」って新《あたら》しい科学分野《かがくぶんや》を確立《かくりつ》した科学者《かがくしゃ》なんだ。「脳《のう》の能力《のうりょく》」で、「脳能《のうのう》」なんだよ。

人間《にんげん》の能力《のうりょく》――勉強《べんきょう》、芸術《げいじゅつ》、スポーツ、いろんな方面《ほうめん》の能力《のうりょく》を高《たか》める方法《ほうほう》を研究《けんきゅう》しているんだよ。つまり、みんなを、賢《かしこ》くする研究《けんきゅう》をしている人《ひと》なの。ありがたいねー。

科学者《かがくしゃ》って、なにしてるか、フッーわからないでしょ？　でも西円洲博士《さいえんすはかせ》は、テレビや雑誌《ざっし》で、研究《けんきゅう》をどんどん発表《はっぴょう》しているんだ。だから、わたしたち小学生《しょうがくせい》から、大人《おとな》まで、みんなが知《し》ってる、日本一有名《にほんいちゆうめい》な、科学者《かがくしゃ》になったんだよ。

「わたし、博士《はかせ》が出《で》ているテレビ番組《ばんぐみ》は、全部《ぜんぶ》チェックしてるもんね！」

と、言《い》うと、

「オレなんて今朝《けさ》、博士《はかせ》がプロデュースした『脳能力《のうのうりょく》アップ・アップキャンディー』なめてきたんだぜ。西円洲《さいえんす》博士《はかせ》の話《はなし》って、科学者《かがくしゃ》なのに、むずかしいことがなくて、わかりやすいもんな。テレビ観《み》ているだけで、頭《あたま》がスッキリするぜ。」

えーっ、新発売《しんはつばい》のキャンディー、もう買《か》ったんだ。リョータって、新《あたら》しいモノ好《ず》きなんだから。

「そうね、テレビを観《み》るだけでも、楽《たの》しいものね。今日《きょう》は実物《じつぶつ》に会《あ》えるのよ。スッキリどころか、頭《あたま》がよくなるわね。」

さつきはいつになく、はりきっている。

「うん、西円洲《さいえんす》博士《はかせ》が、いままでの研究者《けんきゅうしゃ》とちがうところは、学術的《がくじゅってき》なむずかしい研究《けんきゅう》や大発見《だいはっけん》を、シンプルにまとめ、わかりやすくみんなにひろめているところだよ。」

いつも冷静《れいせい》なガロアも、うれしそうに解説《かいせつ》してる。

「どこらへんが、学術的《がくじゅってき》な大発見《だいはっけん》なの？」

「博士《はかせ》が実践《じっせん》している『こころを楽《たの》しくして、脳能力《のうのうりょく》をあげる』ってことさ。これは、『こころの動《うご》きと脳《のう》の働《はたら》き』の関連性《かんれんせい》を、証明《しょうめい》したことになるんだよ。こころと脳《のう》の関係《かんけい》は、世界中《せかいじゅう》の多《おお》くの科学者《かがくしゃ》が、解明《かいめい》しようと、研究《けんきゅう》しているテーマだからね。博士《はかせ》のおかげで、これからますます研究《けんきゅう》が進《すす》むだろうね。」

ガロアって、夢中《むちゅう》になると、話《はなし》がむずかしくなるのが欠点《けってん》だ。

「つまり……？」

「つまり、それは『脳能力《のうのうりょく》アップ・アップ動画体験《どうがたいけん》』のことね。」

さつきは力強《ちからづよ》くうなずいた。

「脳能力《のうのうりょく》アップ・アップ動画体験《どうがたいけん》」ってね、「脳《のう》の休《やす》んでいる機能《きのう》」を呼《よ》びさます訓練《くんれん》なんだ。

と、いっても、むずかしくないよ。まるで新《あたら》しいゲームって感《かん》じなの。

「そうかー、むずかしい研究《けんきゅう》の成果《せいか》を、簡単《かんたん》で楽《たの》しいゲームに、ギュギュッと押《お》しこめちゃったなんて。それが『こころを楽《たの》しくして、脳能力《のうのうりょく》をあげる』ってことだね。さすが、超天才脳能科《ちょうてんさいのうのうか》学者《がくしゃ》！」

わたしは、ますます今日《きょう》の特別授業《とくべつじゅぎょう》が楽《たの》しみになった。

この「脳能力《のうのうりょく》アップ・アップ動画体験《どうがたいけん》」って、ゲームソフトにもなっていて、仕事《しごと》や勉強前《べんきょうまえ》にすると、脳《のう》の働《はたら》きが、活性化《かっせいか》されて、めちゃめちゃ効率《こうりつ》があがるって、大評判《だいひょうばん》なんだよ。

「学校《がっこう》も算数《さんすう》のドリルや、漢字《かんじ》書《か》き取《と》りなんかやめて、博士《はかせ》のゲームを、授業《じゅぎょう》ですればいいのにな。」

リョータがしみじみ言《い》った。

ホントだ、リョータ、たまにはいいこと言《い》うね〜。文部科学省《もんぶかがくしょう》のエライ人《ひと》たちって、なんで気《き》がつかないのかしら。「脳《のう》は、宇宙《うちゅう》より広《ひろ》い！」のにね。頭《あたま》がかたいか、すごく博士《はかせ》のゲームが苦手《にがて》なんだね。


「脳《のう》は、宇宙《うちゅう》より広《ひろ》い！」


これは博士《はかせ》の決《き》め台詞《ぜりふ》。いい言葉《ことば》でしょ。無限《むげん》の可能性《かのうせい》を感《かん》じるよね。カンなんだけど、西円洲《さいえんす》博士《はかせ》には、魔法《まほう》の存在《そんざい》を信《しん》じてもらえる。そんな気《き》がするんだ。

みんなに言《い》ってないけど、じつはわたし、「野望《やぼう》」があるの。

西円洲《さいえんす》博士《はかせ》の脳能科学《のうのうかがく》で、わたしに魔法《まほう》の才能《さいのう》が、どれくらいあるか、調《しら》べてもらいたいんだ。冗談《じょうだん》ではない。本気《ほんき》のホンキ。だから、今日《きょう》の校外学習《こうがいがくしゅう》が最初《さいしょ》で最後《さいご》のチャンス！ってぐらい気合《きあい》はいってる。

――なぜって、わたし魔法《まほう》の才能《さいのう》が、あるんだもん。たぶんだけど……。

その証拠《しょうこ》に、わたしの家《いえ》には、本物《ほんもの》の魔法使《まほうつか》いが七人《にん》もいるの。いまは人形《にんぎょう》になっているから、おとなしいけどね、魔法《まほう》で世界《せかい》を大混乱《だいこんらん》におとしいれて、それはビックリ！　で、信《しん》じられない！　っていう事件《じけん》を起《お》こしたんだよ。それも何回《なんかい》も！　ぜーんぶわたしが魔法《まほう》を使《つか》って、人形《にんぎょう》にしたから、世界《せかい》はもとにもどったけどね。ホントたいへんだったんだから。親友《しんゆう》のガロアやさつき、リョータに手伝《てつだ》ってもらって、みんなでがんばったんだ。

ブーッ――。

開始《かいし》を知《し》らせるブザーが、会場《かいじょう》に響《ひび》きわたって、照明《しょうめい》がおちた。

いよいよ西円洲博士《さいえんすはかせ》に会《あ》える。わたしたちは、ドキドキしながら、暗《くら》いステージを見《み》つめた。

ステージの幕《まく》が静《しず》かにあがって、大《おお》きなスクリーンがあらわれた。

……ワ――ッ……。会場《かいじょう》から歓声《かんせい》があがってる。

スクリーンにパッとライトがあたり、大《おお》きな文字《もじ》が映《うつ》しだされた。

『脳《のう》は、宇宙《うちゅう》より広《ひろ》い！』

「脳《のう》は、宇宙《うちゅう》より広《ひろ》い！」

わたしはうれしくて、声《こえ》に出《だ》して読《よ》んだ。

リョータが、わたしの横腹《よこばら》をこづいた。

ステージ中央《ちゅうおう》、だれもいない床《ゆか》に、スポットライトがあたった。

じっと見《み》つめていると……。床《ゆか》に穴《あな》があいて、なんと下《した》から博士《はかせ》が、あらわれた。と、同時《どうじ》に、スクリーンにも、博士《はかせ》の姿《すがた》が大《おお》きく映《うつ》しだされた。

西円洲《さいえんす》博士《はかせ》の登場《とうじょう》だ！

ナマ西円洲《さいえんす》博士《はかせ》は、思《おも》ったより大《おお》きい。

「背《せ》、高《たか》いね。それに、肩幅《かたはば》もあって、科学者《かがくしゃ》っていうより、スポーツ選手《せんしゅ》みたい。」

「身長《しんちょう》百八十三センチ、年齢《ねんれい》、体重《たいじゅう》は非公開《ひこうかい》。体脂肪率《たいしぼうりつ》九パーセントよ。」

さつきがサラッと言《い》った。

「えっ、よく知《し》ってるね。」

「ファンだもん、常識《じょうしき》よ。ちなみに得意《とくい》なスポーツは、水泳《すいえい》とゴルフよ。」

わたしは、さつきをしげしげと見《み》ちゃった。……おじさん好《ごの》み!?

博士《はかせ》は腕《うで》まくりしながら、ステージのギリギリはしまで歩《ある》いて、みんなに手《て》をふっている。

「テレビより、実物《じつぶつ》は、ハデハデだな。芸能人《げいのうじん》みたいだ。」

リョータがため息《いき》をついた。

「うん、科学者《かがくしゃ》の、色白《いろじろ》で眼鏡《めがね》、ワイシャツに白衣《はくい》……というイメージの正反対《せいはんたい》を、ねらっていってるようだね。」

ガロアは冷静《れいせい》に分析《ぶんせき》してる。

だってね、T《ティー》シャツにデニム、そしてカラー白衣《はくい》。これが西円洲《さいえんす》博士《はかせ》の定番《ていばん》ファッションなの。今日《きょう》は派手《はで》なピンク。小麦色《こむぎいろ》の肌《はだ》と、茶色《ちゃいろ》に染《そ》めた髪《かみ》だから、見《み》た目《め》じゃとても「超天才脳《ちょうてんさいのう》能科学者《のうかがくしゃ》」に見《み》えない。

お手入《てい》れバッチリの眉《まゆ》に、キラキラの瞳《ひとみ》。鼻《はな》も高《たか》くて歯並《はなら》びもキレイ。はっきり言《い》うと、「渋《しぶ》谷《や》の街《まち》でお姉《ねえ》さんに声《こえ》をかけている人《ひと》」っぽい外見《がいけん》。渋谷《しぶや》って、行《い》ったことないんだけどね。まっ、そんな雰囲気《ふんいき》。頭《あたま》が超《ちょう》いいのに、思《おも》いっきり軽《かる》いノリ。このギャップが魅力《みりょく》で、子《こ》どもから大人《おとな》まで、ファンがたーくさんいるんだ。でも、このカラー白衣《はくい》、派手《はで》すぎ。目《め》がチカチカするね。

「本物《ほんもの》は、迫力《はくりょく》あるね。」

わたしは博士《はかせ》を見《み》あげてつぶやいた。

「カッコイイ……。」

さつきの目《め》、博士《はかせ》に釘《くぎ》づけだ。

「まほろば市《し》の小学《しょうがく》六年生《ねんせい》のみなさん、こんにちは！　脳能《のうのう》科学者《かがくしゃ》で、『まほろば市《し》みんなの科《か》学館《がくかん》』の名誉《めいよ》館長《かんちょう》の西円洲《さいえんす》です。こんなすばらしい科学館《かがくかん》の、名誉《めいよ》館長《かんちょう》に選《えら》んでいただき、たいへん光栄《こうえい》です。今日《きょう》、みなさんに会《あ》うことを、楽《たの》しみにしていました。短《みじか》い時間《じかん》ですが、ヨロシク！」

はじけるような笑顔《えがお》で博士《はかせ》があいさつした。

「では、さっそく特別授業《とくべつじゅぎょう》をはじめるよ！　みなさん、スクリーンを見《み》て。A《エー》からE《イー》、五つの脳《のう》が映《うつ》しだされました。それぞれ、なんの脳《のう》か、わかるかな？」

ステージ上《じょう》のスクリーンに、いろんな大《おお》きさ、いろんな形《かたち》の脳《のう》が映《うつ》しだされた。

うーん、むずかしいな。わたしはじっと考《かんが》えたけど、わからないわ。

「A《エー》は人間《にんげん》の脳《のう》。」

「B《ビー》は犬《いぬ》の脳《のう》かな？」

「C《シー》は猿《さる》の脳《のう》だと思《おも》います。」

会場《かいじょう》から、いろんな声《こえ》が飛《と》ぶ。みんな賢《かしこ》いな。わたしはちょっとあせった。

「そう、そのほかにこれは、魚《さかな》。こっちは、は虫類《ちゅうるい》の脳《のう》だ。では、これらの脳《のう》の、共通点《きょうつうてん》はなにかな？」

博士《はかせ》がステージの下《した》へおりてきた。通路《つうろ》を歩《ある》きながら、素早《すばや》くマイクをむけてる。

「えっ、地球上《ちきゅうじょう》の生物《せいぶつ》！」

「頭《あたま》のなかにある……。」

「みんな、メス？」

脳《のう》の共通点《きょうつうてん》なんて、あるのかな。みんないろいろ考《かんが》えてるけど、なかなか正解《せいかい》は出《で》ない。

「むずかしいかな？　わかる人《ひと》はどうぞ。」

博士《はかせ》は、みんなを見《み》まわしてきいた。しーんとした会場《かいじょう》に、

「すべて、脊椎動物《せきついどうぶつ》です。」

ガロアが、サラッと答《こた》えた。

「そのとおり。脊椎《せきつい》、つまり背骨《せぼね》がある生《い》き物《もの》は、みんな脳《のう》を持《も》っているんだよ。」

博士《はかせ》がニッコリ微笑《ほほえ》んで、白《しろ》い歯《は》が、キランと光《ひか》った。

さすがガロア。わたしの友《とも》だちは、賢《かしこ》いね。自分《じぶん》のことじゃないのに、いばりたくなるよ。

エッヘン。

「脳《のう》は大《おお》きく、大脳《だいのう》、小脳《しょうのう》、脳幹《のうかん》の三つに分《わ》けられる。」

博士《はかせ》はスクリーンに、ペンライトをあてながら、話《はなし》をつづけた。

「人間《にんげん》の脳《のう》の特徴《とくちょう》は、大脳《だいのう》がとても発達《はったつ》していることだね。視覚《しかく》、聴覚《ちょうかく》、触覚《しょっかく》などの五感《ごかん》や運《うん》動《どう》、言語《げんご》、記憶《きおく》、情報《じょうほう》の機能《きのう》をコントロールしているんだよ。」

なるほど……。大脳《だいのう》ってたいしたモノなんだ。脳《のう》に役割分担《やくわりぶんたん》があるなんて、はじめて知《し》ったよ。

「そして、息《いき》をしたり、内臓《ないぞう》を動《うご》かしたり、みんなが生《い》きている上《うえ》で、無意識《むいしき》にしている、生命《せいめい》維持《いじ》。これをつかさどっているのが、脳幹《のうかん》だよ。」

わたしは、首《くび》のうしろをさわってみた。この奥《おく》のほうで、命《いのち》を動《うご》かしているのね。

「人間《にんげん》は大脳《だいのう》が大《おお》きいから脳幹《のうかん》が、細《ほそ》く見《み》えるね。魚《さかな》は、脳幹《のうかん》が脳《のう》のほとんどをしめている。人《にん》間《げん》と魚《さかな》の脳《のう》のあいだに、犬《いぬ》や猿《さる》の脳《のう》を見《み》ると、発達《はったつ》の様子《ようす》がよくわかるね。」

熱心《ねっしん》に講義《こうぎ》している博士《はかせ》の話《はなし》は、学校《がっこう》の授業《じゅぎょう》より、ずっとむずかしい。だけど、みんな熱心《ねっしん》にきいている。はじめてきくことって、新鮮《しんせん》でおもしろいんだ。魔法《まほう》以外《いがい》で、勉強《べんきょう》がおもしろいってはじめて思《おも》った。

「さて、そこのきみ。好《す》きなこと、なにかな？」

博士《はかせ》は、前《まえ》の席《せき》の男子《だんし》に質問《しつもん》した。

「サッカーとゲーム……。」

質問《しつもん》に答《こた》える顔《かお》が、スクリーンに映《うつ》しだされた。

「得意《とくい》なことも、サッカーとゲームかな？」

「うーん、好《す》きと得意《とくい》は別《べつ》。とくにサッカーは、あんまりうまくないです。」

自信《じしん》なさそうに答《こた》えてる。

その気持《きも》ち、わかるな。わたしも、魔法《まほう》好《ず》きだけど、なかなか「得意《とくい》」のレベルまで、いかないもんね。

「でも、今日《きょう》からだいじょうぶ！　好《す》きなコトが、うまくなれるよ。なぜって？　直接《ちょくせつ》ボールを蹴《け》るのは、きみの足《あし》だけど、その足《あし》を動《うご》かしているのは、きみの脳《のう》だからね。」

博士《はかせ》は、ニッコリ笑《わら》って、また、真《ま》っ白《しろ》い歯《は》をキランとさせ、スクリーンを使《つか》って、話《はな》しはじめた。

「大脳《だいのう》の真《ま》ん中《なか》、この部分《ぶぶん》が、運動《うんどう》をつかさどる、『運動野《うんどうや》』と言《い》うんだ。主《おも》にここを使《つか》い、きみはサッカーがうまくなるよう、一生懸命練習《いっしょうけんめいれんしゅう》し、上達《じょうたつ》する。そのプレーは、ここ、『小脳《しょうのう》』が、しっかりと記憶《きおく》し、プレーを一つずつ、自分《じぶん》のものにしていくのだ。」

「西円洲博士《さいえんすはかせ》、ほんとに脳《のう》が記憶《きおく》して、うまくなるんですか？　スポーツは、身体《からだ》でおぼえるのでしょ？」

なんだか、信《しん》じてないような口《くち》ぶりだ。

「自転車《じてんしゃ》に、はじめて乗《の》れたときのことを、思《おも》いだしてみてごらん。一度《いちど》乗《の》れるようになったら、しばらく乗《の》らなくても、スイスイ走《はし》ることができるだろう？　小脳《しょうのう》が、記憶《きおく》しているからできるのだよ。きみの『休《やす》んでいる運動脳《うんどうのう》』を鍛《きた》え、パワーを全開《ぜんかい》させれば、いままで苦手《にがて》だったプレーも、クリアし、しっかり脳《のう》に刻《きざ》まれる。不可能《ふかのう》なんて、消《き》えてなくなるよ。『脳《のう》は、宇宙《うちゅう》より広《ひろ》い！』のだからね。」

スクリーンに映《うつ》っている男子《だんし》の顔《かお》が、パッと明《あか》るくなった。そうだよね、脳《のう》は、宇宙《うちゅう》より広《ひろ》いんだもん。

ステージの両側《りょうがわ》のスピーカーから、かすかに音楽《おんがく》が流《なが》れてきた……。あれ？　この曲《きょく》は……!?

ききおぼえのある曲《きょく》に、胸《むね》がドキドキしてきた。会場《かいじょう》のみんなも、ザワザワしてきた。

もしかして、これは……。わたしは期待《きたい》をこめて、ステージの博士《はかせ》を見《み》つめた。

2 西円洲博士《さいえんすはかせ》にチャレンジだぞ!

「それでは、みなさん。お待《ま》ちかね。今日《きょう》の特別授業《とくべつじゅぎょう》は、『脳能力《のうのうりょく》アップ・アップ動画体験《どうがたいけん》』をしようと、準備《じゅんび》してきました。みんなで、脳能力《のうのうりょく》を高《たか》めよう!」

ウワーッ! やっぱりそうだ。スピーカーから、小《ちい》さく流《なが》れてきていた音楽《おんがく》、「脳能力《のうのうりょく》アップ・アップ動画体験《どうがたいけん》」の、オープニング曲《きょく》だもんね。

みんなの歓声《かんせい》で、会場《かいじょう》がゆれた。

「そして、今日《きょう》、全問正解《ぜんもんせいかい》をした人《ひと》には、『優秀脳能力者《ゆうしゅうのうのうりょくしゃ》』の証《あかし》、わたしもつけているこの脳《のう》の形《かたち》をモチーフにしたバッジと、副賞《ふくしょう》として特別《とくべつ》プレゼントを進呈《しんてい》します。」

博士《はかせ》のビックリ宣言《せんげん》に、会場《かいじょう》は大騒《おおさわ》ぎの大盛《おおも》りあがりだ。

「西円洲博士《さいえんすはかせ》! 副賞《ふくしょう》ってなんですか?」

会場《かいじょう》から質問《しつもん》が飛《と》んだ。うん、うん、気《き》になるよ。すると、

「なにかな？　と、ワクワクドキドキ、これも脳《のう》にいいんだよ。優勝者《ゆうしょうしゃ》が決《き》まるまで秘密《ひみつ》さ！　それでは、はじめましょう！　音楽《おんがく》、スタート！」

西円洲博士《さいえんすはかせ》が、さけぶと、スピーカーから流《なが》れていた音楽《おんがく》のボリュームが、一気《いっき》にあがった。

ズン！　ズン！　ズン！　………会場《かいじょう》のみんながいっせいに立《た》って、リズムをとってる。

「ワーッ、これだよね。テレビと同《おな》じだ。」

わたしは興奮《こうふん》してさつきに言《い》った。

「みんな、リズムをとって！　デルタ！　シータ！　アルファ！　ベータ！」

西円洲博士《さいえんすはかせ》が、リズムに乗《の》りながらステージを歩《ある》きだした。

会場《かいじょう》のみんなが、大合唱《だいがっしょう》をはじめた。

「デルタ！　シータ！　アルファ！　ベータ！　デルタ！　シータ！　アルファ！」

「うひょー、ナマ『脳能力《のうのうりょく》アップ・アップ動画体験《どうがたいけん》』だよ。スゴイ！　さつき、テレビで観《み》るのと、同《おな》じだよ〜！　ワクワクするね。」

「ホント、さぁはじまるぞって感《かん》じ、頭《あたま》の準備体操《じゅんびたいそう》ね！」

さつきもノリノリだ。

「勉強《べんきょう》、スポーツ、芸術《げいじゅつ》。能力《のうりょく》をアップしたいなら、脳《のう》を鍛《きた》えよう。さあ、みんなで健康《けんこう》で元気《げんき》な脳《のう》をつくろう！」

西円洲博士《さいえんすはかせ》が、ステージを歩《ある》きながら、話《はな》しかける。

「脳《のう》は、リラックスして、楽《たの》しいときは、アルファ波《は》の脳波《のうは》を出《だ》しているんだ。でも、苦手《にがて》なことをしているときは、ベータ波《は》の脳波《のうは》に切《き》りかわっちゃう。」

博士《はかせ》が悲《かな》しい顔《かお》をして、わたしたちを見《み》てる。

「さぁ！　楽《たの》しく動画体験《どうがたいけん》をして、楽《たの》しく脳《のう》を鍛《きた》えよう！　脳能力《のうのうりょく》が何倍《なんばい》もアップするよ。それでは、問題《もんだい》！」

わたしは思《おも》わず身《み》を乗《の》りだした。

ステージのスクリーンが、映像《えいぞう》を映《うつ》しはじめた。「脳能力《のうのうりょく》アップ・アップ動画体験《どうがたいけん》」は、最初《さいしょ》に日常《にちじょう》の映像《えいぞう》が映《うつ》るんだ。今日《きょう》は、どこかな？

緑《みどり》の並木道《なみきみち》、石畳《いしだたみ》の道《みち》……。おしゃれなテーブルと椅子《いす》が並《なら》べてあるぞ……。あっ、わかった。外国《がいこく》の、カフェだ。おじいさんやおばあさん、金髪《きんぱつ》のキレイなお姉《ねえ》さんたちが、通《とお》りを見《み》ながら、お茶《ちゃ》を飲《の》んでいる。

「これからこの映像《えいぞう》は、動《うご》きだすよ。」

博士《はかせ》は、会場《かいじょう》のみんなに、楽《たの》しそうに話《はな》しかけた。

わたしは、集中《しゅうちゅう》して、まばたきしないように、スクリーンを見《み》つめた。

――お店《みせ》の人《ひと》が、トレイを手《て》に歩《ある》いている。新《あたら》しくお客《きゃく》さんがはいってきて、メニューを見《み》ている……。おばあさんとお茶《ちゃ》しているおじいさんにA《エー》、いまはいってきた中年《ちゅうねん》の男《おとこ》の人《ひと》の頭《あたま》にB《ビー》のマークがパッとついて、また映像《えいぞう》が静止《せいし》した。

「これから十秒後《びょうご》に、お店《みせ》の人《ひと》とケンカをする人《ひと》は、A《エー》とB《ビー》のどちらでしょうか？　A《エー》と脳《のう》が感《かん》じる人《ひと》、手《て》をあげて。」

わたし、A《エー》だと感《かん》じた。会場《かいじょう》のほとんどの人《ひと》が、手《て》をあげてる。

「ううっ、テレビだと、パッと反応《はんのう》できるけど、ナマって緊張《きんちょう》するな……。」

となりのリョータが、考《かんが》えこんでる。

「リラックスしておかないと、パッと脳《のう》が反応《はんのう》しないよ。」

わたしはリョータにアドバイスした。

「あかりみたいなノンキなヤツがうらやましいぜ。緊張《きんちょう》知《し》らず、いつもリラックスしてるもんな！」

リョータのイヤミは無視《むし》！

「では、残《のこ》りの人《ひと》はB《ビー》だね。それでは、つづきを見《み》てみよう。」

博士《はかせ》が言《い》うと、映像《えいぞう》が動《うご》きだした。わたしは、正解《せいかい》かな？

――B《ビー》の人《ひと》が、注文《ちゅうもん》をしようと、お店《みせ》の人《ひと》を呼《よ》んでいる。お店《みせ》の人《ひと》は、A《エー》のおじいさんとおしゃべりをして、なかなか来《こ》ないぞ……。ああっ、B《ビー》の人《ひと》が怒《おこ》りだした。

あーあ、はずれだわ。きっとB《ビー》の人《ひと》がケンカする……。と、思《おも》ったけど。映像《えいぞう》はまだつづいてる。B《ビー》の人《ひと》が怒《おこ》って、お店《みせ》を出《で》ようとしている……。ドンッとB《ビー》の人《ひと》の荷物《にもつ》が、お店《みせ》の人《ひと》にぶつかった。ああっ、お店《みせ》の人《ひと》、よろけてA《エー》のおじいさんの頭《あたま》に手《て》をついた。

ズルッ！

おじいさんの髪《かみ》の毛《け》がズレた～。おじいさん、カツラだったんだ。カツラを手《て》に、ビックリするお店《みせ》の人《ひと》、ツルツル頭《あたま》で、真《ま》っ赤《か》になって怒《おこ》るおじいさん。おじいさんがお店《みせ》の人《ひと》を突《つ》きとばした。あーあ、ついにケンカがはじまっちゃったよ。ってことで……、

「やったー、A《エー》がケンカした。わたし正解《せいかい》！」

会場《かいじょう》の三分《ぶん》の二は、正解《せいかい》したみたい。はずれた人《ひと》たちは、ガッカリしてる。

「答《こた》えは、A《エー》だね。正解《せいかい》の人《ひと》、なかなかいい脳能力《のうのうりょく》だね。はずれた人《ひと》、席《せき》について。答《こた》えはちがったけど、心配《しんぱい》しないで。『残念《ざんねん》！　もう一度《いちど》チャレンジしたい。』と思《おも》うだろう？　このときの気持《きも》ちも、脳《のう》にいい刺激《しげき》を与《あた》えるんだよ。正解《せいかい》するには、考《かんが》えすぎないこと。脳能力《のうのうりょく》は、使《つか》っ

ていない脳《のう》の部分《ぶぶん》を呼《よ》びさます訓練《くんれん》だからね。では、第二問《だいもん》！」

スクリーンに、新《あたら》しい映像《えいぞう》が出《で》た。

「がんばるぞ！」

わたしは自分《じぶん》に気合《きあい》を入《い》れた。連続正解《れんぞくせいかい》で、優勝《ゆうしょう》めざすもんね。

――エアロバイク、重《おも》そうなダンベル、たくさんのフィットネスマシンがスクリーンにあらわれた。ここはスポーツジムみたい。

「では、映像《えいぞう》を動《うご》かすよ。」

スポーツジムのドアから、ゾロゾロと人《ひと》がはいってきた。今度《こんど》は日本《にほん》だ。ポッチャリ太《ふと》ったおばさん二人《ふたり》が、クローズアップされた。

真《ま》っ赤《か》なウエアの茶髪《ちゃぱつ》のおばさんに、ピコンとA《エー》マークがついた。そして髪《かみ》をポニーテールにして、首《くび》に黄色《きいろ》いタオルを巻《ま》いてる青《あお》い色《いろ》のジャージー姿《すがた》のおばさんに、B《ビー》マークがついて映像《えいぞう》がとまった。

「これから一生懸命運動《いっしょうけんめいうんどう》をして、みるみるやせるのは、どちらでしょう？　A《エー》と思《おも》う人《ひと》？」

わたしは、手《て》をあげなかった。B《ビー》のおばさんがやせそうな感《かん》じがしたもん。

さつきは、どっちなのかな？　このゲーム、人《ひと》のまねをしようと思《おも》っても、展開《てんかい》が速《はや》くてそんなヒマはないんだ。

「では答《こた》えを見《み》てみよう。」

博士《はかせ》の合図《あいず》で、映像《えいぞう》が動《うご》きだした。

A《エー》のおばさんは、エアロバイクに乗《の》った。B《ビー》のおばさんは、マシンのあいだを歩《ある》いて、迷《まよ》っている。どうなるんだろう？　A《エー》のおばさん、すごい勢《いきお》いでペダルをこいで、みるみるうちに汗《あせ》が出《で》てきた。B《ビー》のおばさんは、まだマシンを決《き》めてない。

「あかり、残念《ざんねん》。A《エー》だな。」

席《せき》に座《すわ》ってるリョータが、わたしより先《さき》に、ガッカリしてる。

映像《えいぞう》はまだつづいてる。ようやくB《ビー》のおばさんが運動《うんどう》しだした。ベンチプレスだ。ベンチ台《だい》にあおむきになって、自転車《じてんしゃ》のハンドルみたいなのを、両手《りょうて》でつかんで、重《おも》そうに持《も》ちあげてる。

「わたし、B《ビー》だと思《おも》ったのに。はずれみたいね。」

さっきもガッカリしてる。ん？　ちょっと待《ま》ってよ。A《エー》のおばさん、疲《つか》れたみたい。マシンからおりた。フラフラと歩《ある》きだして……。どこへ行《い》くつもりなんだろう？　えっ、売店《ばいてん》……!?

なんとおばさん、アイスクリームを買《か》っちゃった〜。あー、みるみるうちに、一個《こ》ペロッと食《た》べて、二個《こ》、三個《こ》、ゲゲッ食《た》べすぎだよ。でもって、またエアロバイクに乗《の》ってる。意味《いみ》ないじゃない。

B《ビー》のおばさんは、まじめにずっとベンチプレスしてる。

あっ、インストラクターのお兄《にい》さんが来《き》て、体重測定《たいじゅうそくてい》だ。

体重計《たいじゅうけい》の数字《すうじ》が、アップになった。B《ビー》のおばさんが喜《よろこ》んでる。そりゃそうだよね。

「わーい、正解《せいかい》！」

さつきが喜《よろこ》んでわたしを見《み》た。わたしたちは、顔《かお》を見《み》あわせてガッツポーズをした。

「まさか、アイスを食《た》べちゃうなんて！『脳能力《のうのうりょく》アップ・アップ動画体験《どうがたいけん》』って、ありえない展開《てんかい》があるから、おもしろいわね。」

集中《しゅうちゅう》して瞬時《しゅんじ》に判断《はんだん》して、楽《たの》しくなってガッカリして。一分《ぷん》もかからない短《みじか》い時間《じかん》で、脳《のう》がクルクルと動《うご》いていろんなことを感《かん》じてる。ホント脳《のう》のすみずみまで使《つか》ってるって実感《じっかん》するね。

「正解《せいかい》はB《ビー》。はずれた人《ひと》、残念《ざんねん》だったね。席《せき》についてて。おや……ずいぶん人数《にんずう》がしぼられたね。では、残《のこ》りの人《ひと》たち、ステージにあがって。」

西円洲博士《さいえんすはかせ》が、うれしそうにステージから手招《てまね》きしてる。

「スゴイじゃん、あかり、さつき！ がんばって優勝《ゆうしょう》してこいよ。」

「あかりは、いつもどおりでいいけど、さつきはリラックスしてね。」

わたしとさつきは、リョータとガロアにはげまされ、ステージへあがった。

残《のこ》った人《ひと》は、だいたい五十人《にん》くらいかな？　広《ひろ》いステージに、ズラッと整列《せいれつ》した。まるで合唱《がっしょう》コンクールみたいだ。

「みなさん、次《つぎ》の問題《もんだい》からは、見《み》る映像《えいぞう》が短《みじか》くなる、『脳能力《のうのうりょく》テンポ・アップ動画《どうが》』でいくよ。」

ウワッ、たいへん、一秒《びょう》でも、気《き》がぬけないぞ。

「第《だい》三問《もん》、スタート！」

スクリーンに、幼稚園《ようちえん》が映《うつ》しだされた。帽子《ぼうし》をかぶり、制服《せいふく》を着《き》たカワイイ幼稚園児《ようちえんじ》が、二人《ふたり》一組《ひとくみ》で手《て》をつないで、ゾロゾロ歩《ある》いてる。ピコンと男《おとこ》の子《こ》にA《エー》、女《おんな》の子《こ》にB《ビー》がついた。

「これから泣《な》きだすのは、A《エー》と感《かん》じる人《ひと》！」

わたしはサッと手《て》をあげた。

「答《こた》えは……。」

――手《て》をつないで歩《ある》いてる。トコトコ歩《ある》いていると、頭上《ずじょう》にカラスがあらわれた。すると、カラスはサーっと低空飛行《ていくうひこう》して、帽子《ぼうし》をくわえて逃《に》げていった。カメラがズームインして、帽子《ぼうし》を取《と》られ泣《な》いている子《こ》がアップに……。

「正解《せいかい》は、A《エー》の男《おとこ》の子《こ》です！　はずれた人《ひと》は、席《せき》へもどって。では第《だい》四問《もん》！」

西円洲博士《さいえんすはかせ》って、すごい……。テレビを観《み》てるときには、けっして見《み》られないエネルギーを感《かん》じて、わたしはちょっとたじろいだ。やっぱりナマは、迫力《はくりょく》がちがう。

「二人《ふたり》とも三問正解《もんせいかい》ね。次《つぎ》もがんばりましょう！」

さつきがとなりで力強《ちからづよ》くうなずいた。

次《つぎ》の映像《えいぞう》が、スクリーンに映《うつ》しだされた。

高級《こうきゅう》レストランの店内《てんない》。男《おとこ》の人《ひと》と女《おんな》の人《ひと》がアップになった。あっ、男《おとこ》の人《ひと》、指輪《ゆびわ》を出《だ》した！　プロポーズしてる。喜《よろこ》ぶ女《おんな》の人《ひと》に、ピコンとA《エー》がついた。ってことは、男《おとこ》の人《ひと》がB《ビー》かな？　と、思《おも》ってたら、カメラが引《ひ》いて、うしろの席《せき》の太《ふと》った男《おとこ》の人《ひと》に、ピコンとB《ビー》がついて、映像《えいぞう》がとまった。

「十人分《にんぶん》の料理《りょうり》を食《た》べるのは、どちらでしょう？　A《エー》と感《かん》じる人《ひと》。」

えーっ、十人分《にんぶん》って？　わたしは、A《エー》だと感《かん》じて、手《て》をあげたけど……。どうなるかな？

――喜《よろこ》んで指輪《ゆびわ》を、薬指《くすりゆび》にはめるA《エー》。楽《たの》しそうに食事《しょくじ》がはじまった。うしろのB《ビー》の人《ひと》は、その光景《こうけい》を見《み》て、泣《な》きながら食事《しょくじ》をはじめた。きっと失恋《しつれん》したんだ。どんどん注文《ちゅうもん》しては、食《た》べまくるB《ビー》の人《ひと》……。

ああ、わたし、まちがえたみたい……。スクリーンを見《み》て、ため息《いき》をついた。すると、あれーっ？　A《エー》の人《ひと》、ものすごい勢《いきお》いで、食《た》べている！　指輪《ゆびわ》をはめて、おしとやかに喜《よろこ》んでいたのに。大口《おおぐち》あけて、食《た》べる、食《た》べる……。彼氏《かれし》が青《あお》ざめているのも、気《き》にせず、飲《の》みこむように、料理《りょうり》を平《たい》らげてる。あっというまに、空《から》のお皿《さら》が十枚《まい》になっちゃった。

やったー！　わたし正解《せいかい》だよ〜。

「やったわね、あかり。わたしはB《ビー》だと思《おも》ったの。残念《ざんねん》、不正解《ふせいかい》だったわ。まほろば小学校《しょうがっこう》で、残《のこ》っているのはあかりだけよ。がんばってね。」

さつきはそう言《い》って、ステージをおりていった。夢中《むちゅう》で気《き》がつかなかったけど、ホントだ。まわりは知《し》らない人《ひと》ばかりだ。

スゴイじゃない、自分《じぶん》！

「四問《もんお》わったところで正解者《せいかいしゃ》は七人《にん》。次《つぎ》で優勝《ゆうしょう》が決《き》まるのか、まだまだがんばるのか……。それでは第《だい》五問《もん》！」

西円洲《さいえんす》博士《はかせ》の声《こえ》が、会場《かいじょう》に響《ひび》いた。

——映像《えいぞう》が見《み》えないよ!?　モクモク土煙《つちけむり》しか映《うつ》っていない……。遠巻《とおま》きに、たくさんの人《ひと》と馬《うま》が見《み》えた。えーっ、兜《かぶと》に鎧《よろい》!?　昔《むかし》の戦争《せんそう》シーンだよ。赤《あか》い鎧《よろい》をつけた武士《ぶし》に、ピコンとA《エー》がつき、黒《くろ》い鎧《よろい》の武士《ぶし》にB《ビー》がついた。

「戦《いくさ》に敗《やぶ》れるのは、どちらかな？　A《エー》と判断《はんだん》した人《ひと》、一歩前《ぽまえ》へ。」

わたしは、動《うご》かなかったけど、六人《にん》はいっせいに前《まえ》へ出《で》た。えっ？　B《ビー》と感《かん》じたの、わたし一人《ひとり》だけ……？

「では、映像《えいぞう》を動《うご》かしてみよう。」

博士《はかせ》が言《い》うと、

――戦《たたか》いのつづきがはじまった。弓矢《ゆみや》が飛《と》びかうし、あっちこっちで刀《かたな》をぬいて、さけんでる。でも、よく見《み》ると、お芝居《しばい》だ。負《ま》けた人《ひと》は、自分《じぶん》から去《さ》っていくもの。あー、あせった。いつのまにか、A《エー》の武士《ぶし》とB《ビー》の武士《ぶし》の一騎打《いっきう》ちになった。

「お願《ねが》い、B《ビー》がんばって！」

スクリーンを見《み》ながら、必死《ひっし》で祈《いの》った。

カキーン！　A《エー》の刀《かたな》が、B《ビー》の刀《かたな》を、勢《いきお》いよくはらった。B《ビー》の刀《かたな》は、クルクルと弧《こ》を描《えが》いて飛《と》んでいってしまった。

もうだめだ。武器《ぶき》がなくちゃ、B《ビー》の負《ま》け。つまり、わたしも負《ま》け……。と、思《おも》ったら。

ワーッ！　会場《かいじょう》から歓声《かんせい》があがった。なんと、B《ビー》の武士《ぶし》ったら、落《お》ちていた槍《やり》をすばやく取《と》ると、A《エー》ののどもとにピタッとあてた……。

「第五問《だいもん》は、B《ビー》の勝《か》ちよ。」

「あかりが優勝《ゆうしょう》だ！」

まほろば小《しょう》の客席《きゃくせき》から、声《こえ》が飛《と》んだ。

あてちゃった⁉　わたし、優勝《ゆうしょう》だ！

スポットライトがわたしにあたる。

「さあ、すばらしい脳能力《のうのうりょく》を使《つか》い、全問正解《ぜんもんせいかい》のきみ、前《まえ》へどうぞ。」

わたしはドキドキしながら、西円洲博士《さいえんすはかせ》のそばへ行《い》った。

「さぁ、みなさん。拍手《はくしゅ》を！　学校名《がっこうめい》と、名前《なまえ》を教《おし》えて。」

博士《はかせ》がマイクをむけた。

拍手《はくしゅ》のなか、大《おお》きな声《こえ》で答《こた》えた。

「はい、まほろば小学校《しょうがっこう》六年《ねん》一組《くみ》　天河《てんかわ》あかりです！」

ガロア、さつき、リョータはもちろん、まほろば小学校《しょうがっこう》六年生全員《ねんせいぜんいん》がわたしを見《み》てる。

知《し》らない学校《がっこう》の人《ひと》たちも、見《み》てる。大勢《おおぜい》の人《ひと》に注目《ちゅうもく》されながら、わたしは博士《はかせ》に「優秀脳能力《ゆうしゅうのうのうりょく》賞《しょう》」のバッジをつけてもらった。なんだか恥《は》ずかしくて、誇《ほこ》らしくて。選《えら》ばれし者《もの》、物語《ものがたり》の勇者《ゆうしゃ》になったみたい。

「天河《てんかわ》さん、いままさにきみの脳能力《のうのうりょく》は飛躍的《ひやくてき》にアップしました。さて、お楽《たの》しみの、副賞《ふくしょう》を発《はっ》表《ぴょう》します。――副賞《ふくしょう》は、一日研究員《いちにちけんきゅういん》として、研究所《けんきゅうじょ》へ招待《しょうたい》します！」

うそーっ！　研究所《けんきゅうじょ》に招待《しょうたい》って、博士《はかせ》の研究所《けんきゅうじょ》へ行《い》けるんだよね？　こんなチャンス、生《い》きてるあいだで二度《にど》とないかも！　わたしはうれしすぎてたおれそうだ。

「さて、天河《てんかわ》さん。わが研究所《けんきゅうじょ》で、やってみたいことはあるかな？」

博士《はかせ》がにこやかにマイクをむけてきた。

やってみたいことって言《い》えば、もう絶対《ぜったい》、アレしかない！

「『脳《のう》は、宇宙《うちゅう》より広《ひろ》い！』無限《むげん》の可能性《かのうせい》があるんですよね。」

わたしは、西円洲博士《さいえんすはかせ》をじっと見《み》つめた。

「そうだよ。脳《のう》は筋肉《きんにく》と同《おな》じだ。鍛《きた》えれば鍛《きた》えるほど、結果《けっか》を出《だ》してくれる。」

「わたしは、もっともっと脳能力《のうのうりょく》をアップさせて、ぜひやりたいことがあるんです！」

あー、ドキドキを通《とお》りこして、わたしの心臓《しんぞう》は、バクバクしてる。

「もっとアップさせたいとは、前《まえ》むきな小学生《しょうがくせい》だ！　すばらしいよ。」

会場《かいじょう》のみんなが、尊敬《そんけい》した目《め》で、わたしを見《み》てる。

わたしは、博士《はかせ》のマイクを持《も》って、息《いき》を大《おお》きく吸《す》った。

「脳能力《のうのうりょく》をアップさせて、立派《りっぱ》な魔法使《まほうつか》いになりたいと思《おも》います！」

会場《かいじょう》が、一瞬《いっしゅん》シーンとなった。わたしの決意《けつい》にまほろば市中《しじゅう》の六年生《ねんせい》が、感動《かんどう》してる……。

と、思《おも》ったのに！　みんなクスクス笑《わら》いだした。

「本気《ほんき》のホンキですっ！」

ざわつく会場《かいじょう》にむかって、わたしは大声《おおごえ》で宣言《せんげん》した。ホントは、「わたしには、魔法《まほう》の才能《さいのう》があるんです！」って言《い》いたかったけど……。自信《じしん》をもって言《い》えない自分《じぶん》が、情《なさ》けない。

博士《はかせ》が、口《くち》を開《ひら》いた。

「なるほどね。魔法《まほう》のように科学的《かがくてき》でないものほど、研究《けんきゅう》する価値《かち》があるんだよ。すばらしいことだよ。」

よーし、やったね！

絶対《ぜったい》、ぜーったい博士《はかせ》の研究所《けんきゅうじょ》で脳能力《のうのうりょく》を高《たか》めて、魔法《まほう》の才能《さいのう》をみがくぞ。そうして、立派《りっぱ》な魔法使《まほうつか》いになってみせる！　きっとできる！

西円洲博士《さいえんすはかせ》はそんなわたしを、じっと見《み》つめつづけてる。きっと、応援《おうえん》してくれるよね。

やる気《き》の炎《ほのお》が、メラメラと燃《も》えてきた。

3 西円洲博士《さいえんすはかせ》の研究所《けんきゅうじょ》へ行《い》くぞ！

「ホント、今日《きょう》はいい日《ひ》だったな～。」

わたしは、リビングのソファに寝《ね》ころんでつぶやいた。この言葉《ことば》、もう十回《かい》も言《い》ってるけどね。

「みんなの科学館《かがくかん》」から帰《かえ》って、「『脳能力《のうのうりょく》アップ・アップ動画体験《どうがたいけん》』で、一番《ばん》になった！」って伝《つた》えたら、パパもママも大喜《おおよろこ》び。おまけに、「博士《はかせ》の研究所《けんきゅうじょ》に招待《しょうたい》されたよ。」って言《い》ったら、

「まぁ、たいへん！」

とさけんで、ママが外《そと》へ飛《と》びだしちゃったの。どこへ行《い》ったのかな？　わたしへの、ごほうびでも買《か》いにいったのかな？　ふふふ～。楽《たの》しみ。

でも、残念《ざんねん》なのは、魔法《まほう》のこと。まほろば市中《しじゅう》の六年生《ねんせい》に、笑《わら》われたこと……。

だけどね、逆《ぎゃく》にがんばろうって気持《きも》ちになったよ。笑《わら》った人《ひと》たちが、納得《なっとく》するような研究《けんきゅう》、し

ちゃうもんね。ゼッタイに。

なんといっても、一番《ばん》だもん。わたし、スゴイよね。大天才《だいてんさい》なのかも！　算数《さんすう》や漢字《かんじ》の読《よ》み書《か》きが苦手《にがて》なのは、勉強不足《べんきょうぶそく》じゃないんだ。わたしのすばらしい脳能力《のうのうりょく》と、小学校《しょうがっこう》の勉強《べんきょう》が、合《あ》わないからなんだね。

いっそ、中学《ちゅうがく》へ行《い》かないで、大学行《だいがくい》っちゃおうかな〜？　なんちゃって。

そうそう、明日《あした》なんだけど、はじめはわたしだけ招待《しょうたい》されたのだけど、ウレシイことに、さつきとガロアとリョータもいっしょに行《い》けるの。あんまりリョータがうらやましがるから、博士《はかせ》にたのんだら、「お友《とも》だちもどうぞ。」って言《い》ってくれたんだ。

天才博士《てんさいはかせ》って、なんていい人《ひと》〜。幸《しあわ》せすぎて、コワイくらい☆

そのとき、

「ただいま〜。」

ママが帰《かえ》ってきた！

「あかり、どっちがいいかしら？」

ママが二つの箱《はこ》を持《も》ってきた。

「こっちが和菓子《わがし》の『まほろば本舗《ほんぽ》』の『特選大納言最中《とくせんだいなごんもなか》』、こっちはいま大評判《だいひょうばん》の、『パティシエさか』の『まほろばロール』なんだけど……。」

「えっ？『パティシエさか』の『まほろばロール』？ 食《た》べる、食《た》べる！ 今日《きょう》は最高《さいこう》にいい日《ひ》だよ！」

喜《よろこ》んで箱《はこ》を受《う》けとろうとしたら、ママはサッとひっこめた。

「あかりのおやつじゃないわよ。明日《あした》、西円洲《さいえんす》博士《はかせ》の研究所《けんきゅうじょ》へおじゃまするでしょ。そのとき持《も》っていくお菓子《かし》よ。迷《まよ》ってしまったから、二つ買《か》ってきたの。博士《はかせ》はどちらがお好《この》みかしら？」

「ママ。なんで西円洲《さいえんす》博士《はかせ》の研究所《けんきゅうじょ》へお菓子《かし》を持《も》っていくの？」

「なんでって、常識《じょうしき》です。著名《ちょめい》な脳能《のうのう》科学者《かがくしゃ》の先生《せんせい》に、娘《むすめ》が招待《しょうたい》されたのよ。保護者《ほごしゃ》として、つきそってごあいさつするのは、礼儀《れいぎ》でしょ。……それに、わたし、博士《はかせ》の大《だい》ファンですもの〜。頭脳明晰《ずのうめいせき》であの容姿《ようし》！ ステキよね。」

ママの目《め》がハートになってる。

「えっ？ まさか、ママもついてくるつもり？」

わたし、ソファからころげおちそうになった。ママったら、「そのつもりだけど。魔法《まほう》、魔法《まほう》って言《い》っていた娘《むすめ》が、一転《いってん》、科学研究所《かがくけんきゅうじょ》に招待《しょうたい》されるほど、賢《かしこ》くなるなんて！　ぜひお目《め》にかかって、お礼《れい》を言《い》わなくちゃ。」

なんか、微妙《びみょう》に話《はなし》が変《か》わってる……。くわしく話《はな》さなかった、自分《じぶん》のせい⁉

「えーっ、ママが来《こ》なくてもだいじょうぶだよ。あいさつとお礼《れい》は自信《じしん》あるし。」

「いいえ、行《い》きます。なにを着《き》ていこうかしら～？」

ダメだ、とめられそうにない。パパにたのもう！　わたしは廊下《ろうか》を走《はし》っていって、うちのお店《みせ》「ラ・カーサ・デッラ・ストラッガ」につながっているドアをあけた。

そうそう、お店《みせ》ってね、うちはパパとママで、アンティークショップを経営《けいえい》してるの。ちょっと長《なが》いお店《みせ》の名前《なまえ》は、イタリア語《ご》なの。日本語《にほんご》で「魔女《まじょ》の家《いえ》」って意味《いみ》なんだ。魔法《まほう》が大好《だいす》きな、わたしにピッタリの名前《なまえ》でしょ。

お店《みせ》の品物《しなもの》は、日本《にほん》のものより、ヨーロッパのものが多《おお》いの。高価《こうか》な美術品《びじゅつひん》っていうより、家具《かぐ》、雑貨《ざっか》、ステーショナリー、きれいなレースや布《ぬの》なんかをとりそろえている。飾《かざ》っているだけでなくて、生活《せいかつ》に利用《りよう》してほしいって、いつもパパたちは言《い》ってるんだ。

「パパ！　どうにかしてよ。おたくの奥《おく》さんが、娘《むすめ》に迷惑《めいわく》かけてますよ！」

わたしはパパに言《い》いつけた。

「あかり、いつも言《い》ってるだろう。バタバタ走《はし》って店《みせ》にはいってきちゃだめだよ。……で、ママがどうしたって？」

「はい、気《き》をつけます……。だってママったら西円洲博士《さいえんすはかせ》の研究所《けんきゅうじょ》へ、ついてくるって言《い》うんだよ！　パパお願《ねが》い、ママをとめてよ。」

「なぜとめるんだい？　パパがごあいさつするようにって言《い》ったんだよ。親《おや》として、あたりまえ。迷惑《めいわく》だなんて、言《い》うもんじゃないぞ。」

ママをとめてもらうどころか、怒《おこ》られちゃったよ。なんてこと〜？

さっきまで、チョー幸《しあわ》せだったのに。ママがついてくるなんて、想定外《そうていがい》だよ。それに、わたし魔法《まほう》の研究《けんきゅう》のために行《い》くのに。ママが知《し》ったら、絶対家《ぜったいいえ》に連《つ》れもどされちゃうよ！

マズイ、かなりマズイ。どうにかして、ママが来《こ》なくなる方法《ほうほう》をさがさなきゃ！

なにかいいアイディア、ないかな？

お店《みせ》のなかをグルグル歩《ある》いて考《かんが》えていたら、ドールハウスが目《め》にはいった。

そうだ！　この手《て》があったぞ〜。

このドールハウスは、パパがイタリアのローマのオークションで、手《て》に入《い》れてきたものなんだ。二階建《かいだ》てで、屋根《やね》はわたしの腰《こし》くらいまである大《おお》きな人形《にんぎょう》の家《いえ》。まるで本物《ほんもの》の家《いえ》みたい。

ベッドやテーブルなどの家具《かぐ》は、上質《じょうしつ》なマホガニーっていう木《き》でできてるし、食器《しょっき》は陶磁器《とうじき》、ナイフ、フォークは銀製《ぎんせい》、カーテンは上質《じょうしつ》なシルクなの。

そしてそのなかには、わたしが魔法《まほう》で人形《にんぎょう》にした、七人《にん》の魔法使《まほうつか》いたちがいるんだ。わたしは、そのなかのおばあさんの人形《にんぎょう》に小声《こごえ》で話《はな》しかけた。

人形《にんぎょう》になっているから動《うご》けないけど、おしゃべりはできるんだ。

「ねえ、イザベラ、いえ、イザベラ様《さま》。わたし、悩《なや》みごとがあるの。どうしたらいいかな？」

「──なんだって？　悩《なや》みごとだって？」

今日《きょう》は機嫌《きげん》がいいのかな？　めずらしくすぐに返事《へんじ》をした。

「そうなの……。とっても深《ふか》ーい悩《なや》みがあるの……。」

「ホホホ、そんなことか！　それなら、いいものがある。どんな悩《なや》みも、たちどころに解決《かいけつ》する、百年《ねん》みみずの粉末《ふんまつ》が、台所《だいどころ》の棚《たな》にあるよ。プレーンヨーグルトにひと瓶《びん》まるごとかけて、一気《いっき》に食《た》べてごらんよ。悩《なや》みは、たちまち解決《かいけつ》さ。」

ひさしぶりに、イザベラが、魔法《まほう》のレシピを教《おし》えてくれた。

「ありがとう！　さっそくためしてみるね。」

持《も》つべきものは、友《とも》だち……じゃなくて、持《も》つべきものは、魔法使《まほうつか》いの人形《にんぎょう》だね！　わたしは家《いえ》のキッチンの冷蔵庫《れいぞうこ》のなかから、プレーンヨーグルトを出《だ》して、スプーンを持《も》ってきた。

「えーっと、みみずの粉《こな》は……。」

わたしは、茶色《ちゃいろ》の小瓶《こびん》をつまんだ。

「この瓶《びん》で合《あ》ってるかしら?」

「それで合《あ》ってるよ。ククク……。」

イザベラの孫《まご》、ルシファーが笑《わら》った。

なんかイヤな感《かん》じね。それでもかまわず、ヨーグルトのふたをあけ、そのなかへひと瓶《びん》ドバッとかけてみた。

もわわ~んと粉末《ふんまつ》がただよった。うっ、見《み》た目《め》が不気味《ぶきみ》だ。でも、そんなこと、言《い》ってられないもんね。

「いただきまぁす!」

そう言《い》って、わたしはスプーンですくって、ルシファーの口《くち》もとへ持《も》っていった。

「うわっ、なにするんだよ、危《あぶ》ないだろ!」

ルシファーったら目《め》をむいてる。やっぱり……。なにか、隠《かく》してると思《おも》ったわ。カンがあたったみたい。

「なにが危《あぶ》ないの、ルシファー? 教《おし》えなさいよ。イザベラは、『悩《なや》みは、たちまち解決《かいけつ》。』って言《い》ってたのよ。」

「なんでもありません。ボクに、悩《なや》みはないからいりません！　百年《ねん》みみずの粉末《ふんまつ》、ひと瓶《びん》まるごと食《た》べたら、ホントに悩《なや》みは解決《かいけつ》しますよ。どうぞ食《た》べて！」

「じゃあ、先《さき》に食《た》べてみてよ！」

わたしはもう一度《いちど》、スプーンをルシファーの口《くち》もとへ近《ちか》づけた。

「いらないってば！　だって、百年《ねん》みみずの粉末《ふんまつ》は、食《た》べすぎると、『忘《わす》れ魔法《まほう》』にかかってしまうんだ。悩《なや》みがあったことを忘《わす》れちゃったら、悩《なや》みは解決《かいけつ》だろ？　おまけに自分《じぶん》のことも忘《わす》れてしまうけどな。」

「やっぱり！　あんまり素直《すなお》に教《おし》えてくれるから、おかしいと思《おも》ったの。イザベラの言《い》うことは、信用《しんよう》ならないよ。もう少《すこ》しで、すべてを忘《わす》れるところだったよ。」

わたしは、イザベラを抱《だ》きあげて、文句《もんく》を言《い》った。

「……ガチャガチャうるさいね。ほんの遊《あそ》びだよ。退屈《たいくつ》しのぎの冗談《じょうだん》に大騒《おおさわ》ぎして。静《しず》かにしておくれ！」

なんでよ？　イザベラ。危《あぶ》ない目《め》にあわせておいて、しかるなんて、逆《ぎゃく》ギレだよ。魔法使《まほうつか》いって、ホントわがままなんだから。

「そういえばおばあさま、『忘《わす》れ魔法《まほう》』で、魔法《まほう》を忘《わす》れてしまった魔法使《まほうつか》いが一族《いちぞく》にいるって、パパからきいたことがありますわ。」

イザベラの孫娘《まごむすめ》のアンジェラが、おもしろいことを言《い》いだした。アンジェラって、ルシファーのお姉《ねえ》さんなの。優等生《ゆうとうせい》でえらそうだけど、悪《わる》い子《こ》じゃない。

「だれだれ、そのマヌケって？」

わたしは興味津々《きょうみしんしん》、イザベラを抱《だ》いたまままたずねた。

「そんなマヌケはおらん！　ミカエル、まったくよけいなことをしゃべりおって……。」

イザベラは、キッとミカエルをにらんだ。ミカエルったら、大人《おとな》のくせに、お母《かあ》さんにしかられて、しょぼんとしてる。

そうだ！　ミカエルだ。わたしはビビッと思《おも》いついた。

「天才《てんさい》ミカエル太郎《たろう》さま〜。今日《きょう》もいい天気《てんき》ですね。ところで、テレビの調子《ちょうし》はどうかな？　最《さい》近観《きんみ》てる？」

わたしはミカエルに話《はな》しかけた。

「ふん、今日《きょう》もいい天気《てんき》と言《い》っても、夕方《ゆうがた》だね。テレビ？　退屈《たいくつ》だね。ぜんぜんダメだ。少《すこ》しもおもしろくない。もっとも、ナイスでワンダホーな番組《ばんぐみ》は、わたし以外《いがい》には制作《せいさく》できないから、しかたないけど。」

あいかわらず、自信過剰《じしんかじょう》だな。と、思《おも》ったけど、

「ほんと、ほんと。ミカエル様《さま》は、いまは人形《にんぎょう》だけど、フジヤマテレビの大天才《だいてんさい》ディレクターだもんね。その、大天才《だいてんさい》のミカエル様《さま》に、ちょっとお願《ねが》いがあるんだ。」

わたしは、なるべく、さりげなく言《い》ってみた。

「願《ねが》いごと？　なにかな？」

ミカエルが機嫌《きげん》よく、ききかえした。

「……あのね、ミカエル様《さま》。おぼえているかしら。月子姫《つきこひめ》のお屋敷《やしき》に行《い》ったとき、ママの考《かんが》えを変《か》えてくれたよね。魔法《まほう》で。あれ、またしてほしいな……なんて。」

わたしは、ドキドキしながら、返事《へんじ》を待《ま》った。

「ハーハハハッ！　天才《てんさい》ミカエル様《さま》のヘルプがほしいんだね。しかたないねえ。」

「天才《てんさい》ミカエル太郎《たろう》さま！　あなたの力《ちから》で、なんとかママの気持《きも》ちを変《か》えさせてくださいっ。お願《ねが》いします。いま、もとにもどすからね。」

わたしはいそいでミカエルの頭《あたま》を三回《かい》なでて、「変質魔法《へんしつまほう》」の呪文《じゅもん》を唱《とな》えた。

「エスト、シット、エストー、フィアト……。」

――だけど、ミカエルはピクリとも動《うご》かない。あれ――？　わたしの集中力《しゅうちゅうりょく》が足《た》りなかったのかな？　本気《ほんき》のホンキが弱《よわ》かったかな？

ううん、そんなことない。だってわたしには魔法《まほう》の才能《さいのう》プラスすぐれた脳能力《のうのうりょく》もあるんだもん！

だいじょうぶ。だいじょうぶ。きっと、なんでもうまくいくよ。

ふと、時計《とけい》を見《み》たら、もう六時《じ》。今日《きょう》は脳《のう》をいっぱい使《つか》ったから、お腹《なか》ペコペコ。夕飯《ゆうはん》、なにかな～。たっぷり食《た》べて、栄養補給《えいようほきゅう》しなくちゃね。ママのことも、ミカエルにたのんだし、きっとだいじょうぶ。わたしはそう思《おも》うことにして、お店《みせ》を出《で》た。

4 西円洲脳能科学研究所《さいえんすのうのうかがくけんきゅうじょ》へ出発《しゅっぱつ》だ！

次《つぎ》の日《ひ》の朝《あさ》、いつもより早《はや》く目《め》がさめた。

洗面所《せんめんじょ》で顔《かお》を洗《あら》って、髪《かみ》をとかしてると、鏡《かがみ》ごしにママがこっちを見《み》てる。

ゲゲッ！　ママったら、ばっちりメイクしてるし、朝《あさ》からスーツ着《き》てる……。出《で》かける気《き》、満々《まんまん》じゃやない。

ミカエルったら、ママに魔法《まほう》かけてないじゃやない！　っていうか、封印《ふういん》が解《と》けてなかったの!?

と思《おも》ったら、

「あかり、朝食《ちょうしょく》はテーブルの上《うえ》にあるわよ。ママ、これからパパにたのまれて出《で》かけなくちゃならないのよ。西円洲博士《さいえんすはかせ》にお会《あ》いできなくて、本当《ほんとう》にホント残念《ざんねん》だけど……。ちゃんとごあいさつしてね。がんばるのよ！」

ママはわたしの肩《かた》を、ポンポンと二回《かい》たたいて、バタバタと出《で》ていっちゃった。

ミカエルが魔法《まほう》をかけてくれたのかな？

すべてうまくいってるじゃない。ウヒョヒョー！　わたし、無敵《むてき》かも⁉　脳能力《のうのうりょく》アップ・アップ動画体験《どうがたいけん》でなんでもできる能力《のうりょく》が開花《かいか》したのかも⁉

お店《みせ》はまだ開店前《かいてんまえ》。パパはリビングで新聞《しんぶん》を読《よ》んでいる。アタルはまだ寝《ね》てる。一人《ひとり》キッチンで、ママ特製《とくせい》のそば粉《こ》のクレープにたっぷりのハチミツをかけて食《た》べた。ふぅ、お腹《なか》いっぱい。

そしてわたしは、首《くび》から下《さ》げてるペンダントを見《み》つめた。

「どうしよう？」

大切《たいせつ》な大切《たいせつ》な太陽《たいよう》のペンダント。

いつもいつも、出《で》かけるときは、つけていた。不思議《ふしぎ》なパワーをもつ、秘密《ひみつ》のペンダント。

そのたびに、魔法《まほう》のスゴイ事件《じけん》に巻《ま》きこまれたし、助《たす》けられたし。

でも、いまは迷《まよ》ってる。博士《はかせ》の研究所《けんきゅうじょ》につけていくべきかしら？

今日《きょう》は、いつもの本気《ほんき》のホンキかける百倍《ばい》くらい真剣《しんけん》。

ペンダントをつけているときに、魔法《まほう》の才能《さいのう》を秘《ひ》めているって、グローリア伯爵《はくしゃく》に言《い》われた。

そして、昨日《きのう》、ペンダントをつけていない科学館《かがくかん》で、西円洲博士《さいえんすはかせ》に、脳能力《のうのうりょく》を見《み》こまれた。

ペンダントのおかげかな？

それとも、わたし自身《じしん》にパワーがある？

どっちかわからないよ。

――うーん……。迷《まよ》う、迷《まよ》う、どうしようかな……。

よーし、決《き》めた！　今日《きょう》は、太陽《たいよう》のペンダントを置《お》いていく！

自分《じぶん》のパワーを、ためしてみよう。

わたしはお店《みせ》へ行《い》って、ドールハウスのなかに太陽《たいよう》のペンダントをかけた。

「こんにちはー、おじゃまします。」

お店《みせ》のドアをあけて、さつきたちがはいってきた。

「おはよう、あかり！」

ガロアの目《め》、キリリとしてる。静《しず》かに、はりきっているんだ。あれー、リョータの様子《ようす》がヘンだ。

「リョータ、どうしたの？　元気《げんき》ないね。」

「最悪《さいあく》だぜ！　これ見《み》てくれよ。」

そう言《い》って、カバンのなかからなにかの束《たば》を出《だ》した。

「もしかして、全部《ぜんぶ》、色紙《しきし》？」

「そうだよ。うちの母《かあ》ちゃんが、近所《きんじょ》に言《い》いふらしてさ。そうしたらカッコイイ西円洲《さいえんす》博士《はかせ》のサインがほしいって、こんなに持《も》たされたぜ……。」

「かわいそうなリョータ。うちのママもファンだよ。あやうく、いっしょに来《く》るところだったんだよ。どうしてあの年《とし》の人《ひと》は、あんなに濃《こ》い顔《かお》が好《す》きなのかな？」

「正《ただ》しいハンサム、男前《おとこまえ》だもん。わたしもカッコイイと思《おも》うわ。」

さつきがすまして言《い》った。まるで、一＋《たす》一は二でしょ？って顔《かお》。さつきって、大人《おとな》なんだな。わたしはリョータと、顔《かお》を見《み》あわせた。

博士《はかせ》の脳能科学研究所《のうのうかがくけんきゅうじょ》は、「きつね池《いけ》」のほとりにあるんだ。ナントうちから自転車《じてんしゃ》で十五分《ふん》ってとこ。あまりの近所《きんじょ》にビックリ。

でもここは、まほろば小《しょう》の学区《がっく》じゃないし、「子《こ》どもだけで池《いけ》に行《い》ってはダメ！」と、ママに言《い》われてるから、めったに来《こ》ない。まさか研究所《けんきゅうじょ》が建《た》ってたなんて。こういうの、「灯台《とうだい》もと暗《くら》し」って言《い》うんだよね。

この池《いけ》はね、氷河期《ひょうがき》からある大《おお》きな池《いけ》なんだよ。つまり、マンモスも泳《およ》いでいた池《いけ》！　あれ？ちがうか。とにかくあまりにも古《ふる》いから、国《くに》の天然記念物《てんねんきねんぶつ》に指定《してい》されている。周囲《しゅうい》の開発《かいはつ》も、きびしく制限《せいげん》されている、静《しず》かで環境《かんきょう》バツグンのところ。博士《はかせ》の研究所《けんきゅうじょ》は、特別許可《とくべつきょか》がおりたから建《た》ったんだって。それだけ期待《きたい》されているんだ。さすが西円洲博士《さいえんすはかせ》。

みんなでサイクリングしたら、あっというまに着《つ》いちゃった。

ひさしぶりに見《み》るきつね池《いけ》は、背《せ》の高《たか》い葦《あし》に囲《かこ》まれて、どこが水辺《みずべ》かわからない。チャプ、チャプと水音《みずおと》がきこえる。

「なんだか不気味《ぶきみ》だね。夜《よる》はおばけが出《で》そうだよ。」

わたしは池《いけ》をながめながらつぶやいた。

「出《で》るぜ。『口裂《くちさ》け女《おんな》』は、ここが地元《じもと》だもん。」

リョータが声《こえ》をひそめて言《い》った。

「おばけに地元《じもと》って、ヘンなの。じゃあ『砂《すな》かけ婆《ばばあ》』の地元《じもと》ってどこかしら？」

さつきにきかれて、リョータがこまった顔《かお》をしてる。

「それより、入《い》り口《ぐち》は、どこかな？　きつね池《いけ》の北側《きたがわ》に研究所《けんきゅうじょ》があるってきいたけど。」

リョータはそう言《い》いながら、様子《ようす》を見《み》にいっちゃった。

わたしたちもあとを追《お》った。

「オーイ、門《もん》があったぞ。」

リョータが手招《てまね》きしてる。黒《くろ》くて高《たか》い鉄製《てつせい》の門《もん》に『西円洲脳能科学研究所《さいえんすのうのうかがくけんきゅうじょ》』と書《か》かれてる。わたしは、門《もん》を押《お》してみた。びくともしない。

「この門《もん》、不気味《ぶきみ》な気配《けはい》がしない？　霊《れい》とかついていたりして。」

オカルト好《ず》きのさつきが、うれしそうな顔《かお》でこわがった。

——ギギーッ……。

「ウワッ！　門《もん》が勝手《かって》に開《ひら》いたぞ。」

リョータがビックリして飛《と》びすさった。

「門柱《もんちゅう》の上《うえ》、小《ちい》さいカメラとアンテナがあるよ。建物《たてもの》のなかから、モニター画像《がぞう》を見《み》て、門《もん》の開閉《かいへい》をしてるらしいね。さあ、行《い》くぞ。」

ガロアがじゃまにならないように自転車《じてんしゃ》を門《もん》のわきに停《と》め、スタスタと歩《ある》きだした。

さあ、いよいよ魔法《まほう》の才能《さいのう》が、証明《しょうめい》される。がんばって、魔法《まほう》をみがくぞ！

武者《むしゃ》ぶるいっていうのかな。わたしの背中《せなか》、ゾクッとした。

池《いけ》にそってカーブしているアプローチを歩《ある》くと、真《ま》っ白《しろ》い建物《たてもの》があらわれた。

「あっ、見《み》えてきたわ。あれが研究所《けんきゅうじょ》ね。優雅《ゆうが》なデザインね。真《ま》っ白《しろ》でキレイ。」

さつきが建物《たてもの》を見《み》あげて言《い》った。

「うん、アールヌーボー様式《ようしき》の建物《たてもの》みたいだね。」

ガロアもうっとりながめている。アールなんとか……は、わからないけど、カッコイイ建物《たてもの》だ。

入《い》り口《ぐち》をはいると、受付《うけつけ》に、お姉《ねえ》さんが座《すわ》ってた。

「こんにちは、まほろば小《しょう》の天河《てんかわ》あかりです。」

わたしが代表《だいひょう》してあいさつして、みんなでおじぎをした。すると、すぐに男《おとこ》の人《ひと》があらわれた。

「ようこそ、みなさん。お待《ま》ちしていました。わたくしは当研究所《とうけんきゅうじょ》の広報部副部長《こうほうぶふくぶちょう》の日下部《くさかべ》です。今日一日《きょういちにち》きみたちの案内役《あんないやく》です。よろしく。」

小柄《こがら》なおじさんは、わたしたち四人《にん》にていねいに名刺《めいし》を配《くば》った。色《いろ》が白《しろ》くて、肌《はだ》がツルツル。ゆでタマゴみたい。

「ご案内《あんない》する前《まえ》に、カメラつき携帯電話《けいたいでんわ》をお持《も》ちでしたら、出《だ》してください。」

「はい。」

さつきとガロアが出《だ》した。いいなー、ケータイ。うちのママ、絶対買《ぜったいか》ってくれないんだ……。

と、考《かんが》えてたら、おじさんは、カメラのレンズに、ピタッとシールを貼《は》った。

「シール貼《は》って、どうするの？」

「はい、ここの研究《けんきゅう》は、世界中《せかいじゅう》の企業《きぎょう》が注目《ちゅうもく》しております。きみたちにその意図《いと》がなくても、なにげなく撮《と》ったものが、ネットに流出《りゅうしゅつ》するかもしれません。それをふせぐために、この建物《たてもの》にいるあいだは、シールを貼《は》って写真《しゃしん》を撮《と》れなくさせていただきます。」

へぇー、スゴイ徹底《てってい》ぶり。なんだか緊張《きんちょう》するね。受付《うけつけ》のお姉《ねえ》さんからわたされた入館許可証《にゅうかんきょかしょう》を首《くび》から下《さ》げて、準備《じゅんび》オッケー。わたしたちは、日下部《くさかべ》さんに連《つ》れられて、歩《ある》きはじめた。

「うへっ、なんなの、ここ？」

思《おも》わずさけんじゃった。だって、廊下《ろうか》も壁《かべ》も、天井《てんじょう》も、みんな白《しろ》……。研究所中《けんきゅうじょじゅう》、どこを見《み》ても真《ま》っ白《しろ》け。歩《ある》いてるんだけど、距離感《きょりかん》がまったくわからないよ。

しばらくして、日下部《くさかべ》さんが立《た》ちどまった。

「この部屋《へや》に、博士《はかせ》がおられます。さぁ、どうぞ。」と、真《ま》っ白《しろ》いドアをあけた。

「やぁ、いらっしゃい！」

さわやか男前笑顔《おとこまええがお》で、西円洲博士《さいえんすはかせ》が迎《むか》えてくれた。なんと、博士《はかせ》の部屋《へや》は、ぜーんぶ青《あお》っ！いままで真《ま》っ白《しろ》しか見《み》ていなかったから、目《め》がびっくりしてる。おまけにカラー白衣《はくい》も青《あお》だ。

「ハハハ、驚《おどろ》いているね。これも脳能科学《のうのうかがく》にもとづいてるのさ。青色《あおいろ》は、精神《せいしん》が落《お》ちつく色《いろ》なんだ。新《あたら》しいプロジェクトがはじまったから、この部屋《へや》で脳能力《のうのうりょく》を落《お》ちつかせているんだ。」

博士《はかせ》がそう言《い》うと、

「では、プロジェクトが終盤《しゅうばん》のときは、赤《あか》い部屋《へや》なのですか?」

ガロアが質問《しつもん》した。

「ああそうだよ。赤《あか》は興奮《こうふん》する作用《さよう》があるからね。仕事《しごと》の追《お》いこみ、緊張感《きんちょうかん》を高《たか》めるときは、赤《あか》の部屋《へや》を使《つか》うよ。きみ、なかなか鋭《するど》いね。」

博士《はかせ》がガロアをほめてる。

「あのー、プロジェクトってなんですか?」

「——脳能科学《のうのうかがく》を応用《おうよう》したビジネスだよ。わたしの脳能科学《のうのうかがく》の研究《けんきゅう》は、国内《こくない》はもちろん、世界中《せかいじゅう》の企業《きぎょう》から注目《ちゅうもく》されているからね。この研究所《けんきゅうじょ》のなかにも各国企業《かっこくきぎょう》の研究室《けんきゅうしつ》があるんだよ。それだけじゃない。優秀《ゆうしゅう》な人材《じんざい》を集《あつ》めた大学《だいがく》の研究室《けんきゅうしつ》もはいってるのさ。」

「スゴイ! 博士《はかせ》の研究《けんきゅう》は、企業《きぎょう》を動《うご》かすんですね。まさにわたしの理想形《りそうけい》! 西円洲博士《さいえんすはかせ》。わたしも魔法《まほう》の能力《のうりょく》をビジネスにしたいんです。」

「————」

まずかった? つい、本心《ほんしん》を言《い》ってしまった……博士《はかせ》がかたまってる。

「西円洲博士《さいえんすはかせ》、すみません。コイツ昨日《きのう》から魔法《まほう》、魔法《まほう》って……。」

リョータがあやまってる。

「ああ、いいんだ。わたしはいま、アインシュタイン博士《はかせ》を、思《おも》いだしていたのさ！　彼《かれ》は、こう言《い》った。『われわれが経験《けいけん》することのできるもっとも美《うつく》しいことは、神秘的《しんぴてき》なことだ。』とね。魔法《まほう》は、神秘的《しんぴてき》だからね。きみの発想《はっそう》は、アインシュタインと似《に》ている。じつに脳《のう》を刺激《しげき》する！　わが研究所《けんきゅうじょ》にピッタリの人材《じんざい》だ。」

アインシュタイン博士《はかせ》ってだれだかわからないけど、わたし、ほめられてる！　魔法《まほう》のことで、ほめられてるよ！　いままで苦労《くろう》したかいがあった……。

感動《かんどう》で胸《むね》がいっぱいだ。

「あのー、西円洲博士《さいえんすはかせ》は、魔法《まほう》を信《しん》じているのですか？」

さつきが、遠慮《えんりょ》がちにきいた。

「魔法《まほう》に対《たい》して、偏見《へんけん》は、もっていないよ。なぜなら、『偏見《へんけん》』は、『脳《のう》』の自己防衛《じこぼうえい》にあたるからね。宇宙《うちゅう》より広《ひろ》い、脳《のう》に対《たい》して失礼《しつれい》だね。」

博士《はかせ》は、さつきを見《み》てニッコリした。で、「偏見《へんけん》」ってなに？

「『偏見《へんけん》』というのは、かたよった考《かんが》え方《かた》のことだよ。それからアインシュタイン博士《はかせ》は、ノーベル賞《しょう》を受賞《じゅしょう》した、天才物理学者《てんさいぶつりがくしゃ》だよ。……ということで、さっそく、脳《のう》を調《しら》べよう。」

そう言《い》いながら博士《はかせ》が、うれしそうに腕《うで》まくりをしながら、わたしを見《み》た。

ええっ！　脳《のう》を調《しら》べるって……。いきなりなにを言《い》いだすの。わたしは思《おも》わずさつきのうしろに隠《かく》れた。

「頭蓋骨《ずがいこつ》をスコーンと割《わ》って、調《しら》べるわけじゃないですよね？」

「ハハハ、まさか！　脳《のう》の電気的《でんきてき》な活動《かつどう》を脳波計《のうはけい》で観察《かんさつ》するだけさ。」

博士《はかせ》は説明《せつめい》したつもりみたいだけど、サッパリ意味《いみ》がわからない。

「脳《のう》の電気的《でんきてき》な活動《かつどう》って、なんですか？」

「あかり、脳《のう》って簡単《かんたん》に言《い》うと、コンピュータの仕組《しく》みと同《おな》じ。いわば、『電気回路《でんきかいろ》』なんだよ。」

ガロアが解説《かいせつ》した。

「えっ!?　頭《あたま》のなかって、電気《でんき》が流《なが》れているの？　いままで知《し》らなかった。衝撃的事実《しょうげきてきじじつ》だわ。」

「痛《いた》いこと、ないんですか？」

リョータも心配《しんぱい》そう。

「そんなことはないよ。『脳《のう》は、宇宙《うちゅう》より広《ひろ》い！』さあ！」

西円洲博士《さいえんすはかせ》が、腰《こし》に手《て》をあてて、ニカッと笑《わら》った。細《ほそ》いゴールドのブレスレットが、サラサラとゆれた。

「ねえ、みんなもいっしょにしてみようよ。」

博士《はかせ》が痛《いた》くないって言《い》うなら、やってみよう。自分《じぶん》の脳《のう》がわかるなんて、めったにないもん。

「だいじょうぶかな？　あとから具合悪《ぐあいわる》くなったりしないか？」

リョータは迷《まよ》ってるみたい。

「ねえ、四人《にん》の結果《けっか》をくらべるの、おもしろそうよ。」

さつきが楽《たの》しそうに言《い》った。

「うん、そうだね。」

ガロアがうなずいた。

「では決《き》まり！　さあ、この椅子《いす》に座《すわ》って。はじめるよ。」

椅子《いす》に座《すわ》ると、博士《はかせ》がこめかみに、電極《でんきょく》をつけた。うわっ、ヒヤっとする……。だいじょうぶかな？

わたしはドキドキしながら、目《め》を閉《と》じた。

——痛《いた》くもかゆくも、ビリビリもしないぞ。なーんにもなくて、これでちゃんと調《しら》べてるのかしら？

と、思《おも》って、目《め》をあけたら……。脳《のう》波《は》を測定《そくてい》する機械《きかい》から、カタカタと紙《かみ》が流《なが》れはじめた。博士《はかせ》がそれを見《み》つめてる。

「やはり、予想《よそう》はしていたが、こうハッキリ出《で》るとは……。きみたち見《み》てみるかい？」

博士《はかせ》は、そう言《い》って、データを見《み》せた。

脳《のう》波《は》って、どんな形《かたち》だと思《おも》う？　まるで波《なみ》！　算数《さんすう》で使《つか》う方眼紙《ほうがんし》みたいな紙《かみ》に、小刻《こきざ》みに震《ふる》える線《せん》が描《えが》かれている。ただそれだけなの。

「なにがなんだか、さっぱりわからないな……。」

リョータが、ポツリと言《い》った。

「解説《かいせつ》するよ。この三枚《まい》は、きみたちのもの。はじめての脳《のう》波《は》検査《けんさ》で、緊張《きんちょう》していたね。つまり頭《あたま》がさえている状態《じょうたい》だ。すると、こんなふうに、おもにベータ波《は》が出《で》るんだ。」

うーん、博士《はかせ》の話《はなし》は、むずかしいけど、たしかに三枚《まい》は、同《おな》じような形《かたち》。波《なみ》の幅《はば》がせまくて、小《ちい》さな波《なみ》って感《かん》じ。

「ところが、この一枚《まい》、天河《てんかわ》さんの脳《のう》波《は》は、小刻《こきざ》みになったり、大《おお》きく振幅《しんぷく》したりして、動《うご》きが不規則《ふきそく》なのだ。つまり、緊張《きんちょう》しながらも、リラックスしているときに出《で》るアルファ波《は》が出《で》ている。きわめてめずらしい！」

うーん、たしかにわたしの紙《かみ》には、大《おお》きな波《なみ》と小《ちい》さな波《なみ》がいりまじって、あきらかにみんなのとはちがう。

「博士《はかせ》、『脳能力《のうのうりょく》アップ・アップ動画体験《どうがたいけん》』で、一番《ばん》になったことと、あかりの脳波《のうは》って、関係《かんけい》あるのですか？　それに……きわめてめずらしいってことは、あかりは、普通《ふつう》の人間《にんげん》じゃないのですか⁉」

さつきが、思《おも》いつめた顔《かお》できいた。

わたしって、フツーの人間《にんげん》じゃないの⁉

「たしかに、フツーじゃないよな。とんでもない魔法《まほう》オタクだし。」

リョータが納得《なっとく》してる。そうかー、やっぱりわたし、フツーとちがうのか……。って、自分《じぶん》で納得《なっとく》してどうする！

「ハハハ、まさか。そうじゃないよ。『めずらしい』と『普通《ふつう》じゃない』とはちがうよ。きみたち、潜在意識《せんざいいしき》って言葉《ことば》、きいたことがあるかな？」

「はい、あります。自分《じぶん》で自覚《じかく》していない意識《いしき》、無意識《むいしき》の意識《いしき》のことです。」

さつきがキッパリ答《こた》えた。

「そのとおり。アルファ波《は》は、意識《いしき》と潜在意識《せんざいいしき》を、スムーズに連係《れんけい》してくれる脳波《のうは》なんだよ。」

博士《はかせ》がここまで言《い》うと、ガロアがつづけた。

「潜在意識《せんざいいしき》は、自覚《じかく》している意識《いしき》の何倍《なんばい》もの能力《のうりょく》があるってきいたことがあります。『アルファ波《は》が出《で》つづけてる』あかりは、自分《じぶん》でも知《し》らないで、潜在意識《せんざいいしき》の能力《のうりょく》を、出《だ》しているのですか？」

ちょっと、待《ま》ってよ。ややこしくなってきたよ。

「つまり、わたしが『脳能力《のうのうりょく》アップ・アップ動画体験《どうがたいけん》』で、一番《ばん》になれたのは、潜在意識《せんざいいしき》のおかげなの？」

でも、イマイチ意味《いみ》がわからない。

「わたしの『せんざいいしき』ってなんなの？」

「それは、わからないよ。わかったらいいけどね。」

ガロアが首《くび》をふった。

「そうだね。潜在意識《せんざいいしき》の証明《しょうめい》は、むずかしいと言《い》われている。でもそれは、一般的《いっぱんてき》な話《はなし》さ。」

博士《はかせ》は、ニコニコしている。

「もしかして博士《はかせ》、潜在意識《せんざいいしき》の存在《そんざい》を、つかんだのですか!?」

ガロアがビックリしてきいた。

「つかんだ、どころじゃないよ。映像化《えいぞうか》に成功《せいこう》したのだよ！　つまり、脳《のう》の奥底《おくそこ》にある潜在意識《せんざいいしき》が見《み》えるのさ。どうかな、きみたち。自分《じぶん》の潜在意識《せんざいいしき》を、見《み》てみたくないかな？」

「信《しん》じられない！　スゴイことだよ。ぜひ、見《み》せてください！」

ガロアが、まっさきに答《こた》えた。

ようするに、わたしの知《し》らない、わたしの脳《のう》の奥《おく》がわかるんだね！　フツーじゃ見《み》ることのできない、自分《じぶん》の脳《のう》のなかが、見《み》えるなんて。スゴイことすぎて、想像《そうぞう》がつかないよ。

「はい、ぜひ見《み》せてください。お願《ねが》いします。」

わたしたちは、声《こえ》を合《あ》わせて答《こた》えた。

「では、先《さき》に行《い》ってスタンバイしてこよう。きみたちは、あとから広報副部長《こうほうふくぶちょう》に案内《あんない》してもらいなさい。」

そう言《い》って、博士《はかせ》は楽《たの》しそうに部屋《へや》から出《で》ていった。

5 博士《はかせ》の大発明《だいはつめい》、「脳内《のうない》スクリーン」にチャレンジ！

広報副部長《こうほうふくぶちょう》の日下部《くさかべ》さんに連《つ》れられて、廊下《ろうか》を進《すす》み、いちばん奥《おく》の部屋《へや》の前《まえ》まで来《き》た。

日下部《くさかべ》さんは、ドアに手《て》をかけると、思《おも》いだしたように、クルリとふりむいた。

「これから案内《あんない》します研究室《けんきゅうしつ》は、『極秘事項《ごくひじこう》がてんこもり』の部屋《へや》です。と、いうのも、某国《ぼうこく》の宇宙科学研究所《うちゅうかがくけんきゅうじょ》との技術提携《ぎじゅつていけい》の話《はなし》が進《すす》んでいるからです。下世話《げせわ》な言《い》い方《かた》ですが、莫大《ばくだい》なお金《かね》がからんでいます。くれぐれも、お行儀《ぎょうぎ》よく。機械《きかい》の破損《はそん》、情報《じょうほう》の漏洩《ろうえい》は、訴訟問題《そしょうもんだい》に発展《はってん》するおそれがあります。いいですね。」

キッパリこう言《い》ってから、ドアをあけた。

「ねえ、『莫大《ばくだい》なお金《かね》』って、いくらくらいなのかな？」

わたしはリョータにきいてみた。

「一千万円《まんえん》こえれば、莫大《ばくだい》だろう。このあいだテレビのニュースで、『一千万円《まんえん》もの莫大《ばくだい》な損《そん》失《しっ》。』って言《い》ってたから。」

なぜか小声《こごえ》でリョータが言《い》った。

えーっ、いっせんまんえん!? ありえない金額《きんがく》だよ。わたしたちは、緊張《きんちょう》しながら、部屋《へや》へはいった。

「じゃあ、『じょーほーの、ろーえい』で、『そしょー』問題《もんだい》って、なに?」

「オレにきくなよ……。とにかく、気《き》をつけてってことだよ。」

案内《あんない》された部屋《へや》は、空気《くうき》がキリリとしていた。

「これが世界《せかい》のトップシークレットだ。」

西円洲博士《さいえんすはかせ》が得意《とくい》げに指《ゆび》さした。

「この部屋《へや》か……。」

リョータが感心《かんしん》してる。

大《おお》きさは、ちょうど学校《がっこう》の教室《きょうしつ》くらい。でも、窓《まど》は一つもないし、照明《しょうめい》は暗《くら》い。ライトはついているけど、壁《かべ》とか床《ゆか》にあたってる。こういうの、間接照明《かんせつしょうめい》っていうんだよね。

正面《しょうめん》にスクリーン。ちょうど黒板《こくばん》くらいの大《おお》きさだ。そのスクリーンの前《まえ》に、巨大《きょだい》なタマゴが四つ整列《せいれつ》している。このタマゴ、なんだろう?

「西円洲博士《さいえんすはかせ》、この薄暗《うすぐら》い部屋《へや》のどこが、世界《せかい》のトップシークレットなんですか?」

わたしは、博士《はかせ》にきいた。

「このエッグ形《がた》の椅子《いす》がトップシークレットの発明品《はつめいひん》だ。スクリーンとセットで、世紀《せいき》の大発《だいはつ》明《めい》、『脳内《のうない》スクリーン』だよ。」

博士《はかせ》は自慢《じまん》げに指《ゆび》さした。

「えーっ、この大《おお》きなタマゴが大発明《だいはつめい》なんですか!?」

どう見《み》ても巨大怪獣《きょだいかいじゅう》が産《う》みおとしたタマゴみたい、大《おお》きくて、ツルツルしている。

わたしたちは、なかをのぞきこんだ。

「ホント、椅子《いす》だわ。へぇー。なかはこうなってるのね。」

さつきが感心《かんしん》して言《い》った。

タマゴを、縦《たて》に割《わ》ったみたいな形《かたち》。真《ま》ん中《なか》にクッションがしいてある。ここに座《すわ》るのね。頭《あたま》から足《あし》まで、すっぽりとおさまるようになってて、座《すわ》り心地《ごこち》よさそう。

「この椅子《いす》の背《せ》もたれ、ちょうど耳《みみ》の上《うえ》あたりに、機械《きかい》が埋《う》めこまれてる。これが脳内《のうない》のあらゆるデータを電気信号《でんきしんごう》に変《か》える装置《そうち》だよ。そのデータのなかから、潜在意識《せんざいいしき》をひろい、映像化《えいぞうか》してスクリーンに映《うつ》すのだよ。」

博士《はかせ》がうれしそうに解説《かいせつ》してる。

「では、はじめよう。椅子《いす》に座《すわ》って、リラックスする。これだけだよ。さあどうぞ。」

わたしたちは、緊張《きんちょう》しながら、椅子《いす》に座《すわ》った。椅子《いす》というより、簡易《かんい》ベッドみたい。

「なんだか、不思議《ふしぎ》。タマゴのなかにはいったみたい。のんびり落《お》ちつく感《かん》じ。」

わたし、あんまり座《すわ》り心地《ごこち》がよくて目《め》が、トロンとしてきちゃった。

「うん、守《まも》られているって感《かん》じ。安心《あんしん》するわ。」

さつきも気持《きも》ちよさそうだ。

「リラックスが大事《だいじ》なんだよ。では、そのまま。スイッチを入《い》れるよ。最初《さいしょ》は、だれの潜在意識《せんざいいしき》かな？」

スクリーンが動《うご》きだした。胸《むね》が、ドキドキしてきた。

スクリーンからは、ザーッという、雑音《ざつおん》が流《なが》れてくる。

ホラ、テレビの放送《ほうそう》が終了《しゅうりょう》したときに流《なが》れる、「砂嵐《すなあらし》」みたい。

やがてそのなかに丸《まる》い、ぷよぷよしたシルエットが浮《う》かんできた。

「大福《だいふく》？　まさかね……。」

わたしには、和菓子《わがし》の大福《だいふく》にしか見《み》えない。

「あっ、変《か》わったぞ。今度《こんど》はロールケーキに見《み》える……。」

リョータが言《い》った。たしかに、そうね。やがて映像《えいぞう》がはっきりしてきた。チョコレートパフェや、アイスクリームが、浮《う》かんでは消《き》えていく。

「あの、西円洲博士《さいえんすはかせ》、これが、潜在意識《せんざいいしき》ですか？　お菓子《かし》が浮《う》いてるだけですけど。」

リョータが遠慮《えんりょ》がちにきいた。うん、わたしもそう思《おも》うよ。

「ああ、これは、潜在意識《せんざいいしき》へむかう途中《とちゅう》なんだ。潜在意識《せんざいいしき》『レベルI・意識《いしき》している願望《がんぼう》』が出《で》ているのさ。脳《のう》の仕組《しく》みは、複雑《ふくざつ》で広《ひろ》いからね。宇宙《うちゅう》を旅《たび》するように、進《すす》んでいくんだよ。」

そうね。だって、「脳《のう》は、宇宙《うちゅう》より広《ひろ》い！」ものね。

「ところできみは、ガマンしているけど、甘《あま》い物《もの》が大好《だいす》きなんだね。」

博士《はかせ》は楽《たの》しそうにリョータに言《い》った。

「えっ、大福《だいふく》は、リョータなの!?」

さつきが、ビックリしてる。

甘《あま》い物《もの》が消《き》えて、スクリーン一面《いちめん》、流《なが》れの速《はや》い川《かわ》に変《か》わった。

あれーっ、なんだか、ユラユラしてる感《かん》じ。まるで、小舟《こぶね》に乗《の》って、川《かわ》を進《すす》んでいるみたい。

ちょっと、テーマパークの気分《きぶん》。

うわっ！　川《かわ》の真《ま》ん中《なか》に、大《おお》きな岩《いわ》！　たいへん、ぶつかる！　小舟《こぶね》は大《おお》きくゆれて、どうにか岩《いわ》をよけた。

「博士《はかせ》、西円洲博士《さいえんすはかせ》！　これはなに？　めちゃくちゃ迫力《はくりょく》あるよ。」

「この映像《えいぞう》は、『レベルⅡ・意識《いしき》と潜在意識《せんざいいしき》の境目《さかいめ》』だよ。さあ、もうすぐ潜在意識《せんざいいしき》にたどりつくね。どこへ着《つ》くかな？」

博士《はかせ》が楽《たの》しげに答《こた》えた。川《かわ》の流《なが》れは、しだいに速《はや》くなる！　ヒャーッ！　舟《ふね》のスピードが、ガンガンあがって——あれっ、川《かわ》がない！　青空《あおぞら》が見《み》えるじゃない！　ってことは、滝《たき》⁉

「ちょっと、とめて～！」

「うわあぁぁあ～、滝《たき》つぼに落《お》ちる！」

わたしは思《おも》わず目《め》をつぶって、お腹《なか》に力《ちから》を入《い》れた。

だいじょうぶだ。

「ふう、こわかった……。これ意識《いしき》のなかの映像《えいぞう》だもの。衝撃《しょうげき》はないのね。」

そーっと目《め》をあけると、一面《いちめん》の花畑《はなばたけ》！　すみきった青空《あおぞら》の下《もと》、桜《さくら》が咲《さ》いて、菜《な》の花《はな》が風《かぜ》にゆれて、チューリップが並《なら》んでる。こころいやされる、春《はる》の風景《ふうけい》だ。

「……きれいね。リョータって、女子《じょし》みたい。」

思《おも》わずつぶやいたら、

「知《し》るか、こんなの！」

リョータが本気《ほんき》で怒《おこ》った。

「あのね、花《はな》が女子《じょし》なんて、偏見《へんけん》はいけないな。それに、潜在意識《せんざいいしき》に、性別《せいべつ》なんてないんだよ。この映像《えいぞう》を解説《かいせつ》すると、コミュニケーション型《がた》だね。愛《あい》と情熱《じょうねつ》がエネルギーの、人《ひと》とかかわることが、得意《とくい》なタイプだね。」

「はい！　人見知《ひとみし》りはしないです。」

博士《はかせ》の言葉《ことば》に、やっと機嫌《きげん》がなおったみたい。強《こわ》ばっていたリョータの声《こえ》が、明《あか》るくはずんでる。「脳内《のうない》スクリーン」って、スゴイ楽《たの》しい。

次《つぎ》は、どんな映像《えいぞう》が映《うつ》るのかな？

「どうだい？　すばらしいだろう？　こうして個人《こじん》の潜在意識《せんざいいしき》がわかれば、脳能力《のうのうりょく》アップのアプローチが、より的確《てきかく》になるからね。さあ、次《つぎ》は、だれかな。」

再《ふたた》びスクリーンが、「砂嵐《すなあらし》」になった。人《ひと》のシルエットが浮《う》かんできた……。

「二人《ふたり》の人間《にんげん》がいる。」

画面《がめん》のなかは、二人《ふたり》がなにかをしている。ダンス？　ちがう。わかった、ボクシングだ。と、思《おも》ったら、白《しろ》っぽいシルエットが二つ。柔道《じゅうどう》をはじめた、……と、思《おも》ったら、今度《こんど》はフェンシング⁉　格闘技《かくとうぎ》ばかりだね。

「この子《こ》は、勝負《しょうぶ》が好《す》きだね。白黒《しろくろ》はっきりつけることが、大切《たいせつ》なんだね。」

戦《たたか》いの映像《えいぞう》で、そんなことがわかるの？　だれの潜在意識《せんざいいしき》かな？

「たぶん、わたしだわ。中学受験《ちゅうがくじゅけん》って、合格《ごうかく》か不合格《ふごうかく》かのどちらかでしょ。だから挑戦《ちょうせん》したいって、思《おも》ったんだもの。」

さつきがボソッと言《い》った。

「よくわかったね、そのとおりだよ。」

スクリーンは、川《かわ》を進《すす》む舟《ふね》に変《か》わった。意識《いしき》と潜在意識《せんざいいしき》との境目《さかいめ》って、映像化《えいぞうか》すると、川《かわ》になるのね。さつきの川《かわ》は、リョータのときより、おだやかだ。舟《ふね》はやがてジャンプして、一瞬《いっしゅん》スクリーン一面《いちめん》が真《ま》っ白《しろ》になった。

「なにコレ？　窓《まど》のない建物《たてもの》？」

雲《くも》にとどきそうなくらい、高《たか》い建物《たてもの》。古《ふる》くて、高《たか》い、縄文時代《じょうもんじだい》の高層《こうそう》ビルって感《かん》じ。あるわけないけど、そんな感《かん》じのデーンとした建築物《けんちくぶつ》が、スクリーンにあらわれた。

「うーん、これは塔《とう》だね。分類《ぶんるい》すると、ビルディング型《がた》。どんなに周囲《しゅうい》が変化《へんか》しようと、強《つよ》い信《しん》念《ねん》で人生《じんせい》を切《き》りひらくタイプだよ。」

はぁ～、すごい。さすがさつきだ。

「西円洲《さいえんす》博士《はかせ》、これって、まるで未来《みらい》を見《み》ているよう。すばらしい発明《はつめい》だね……。」

わたしは、大感動《だいかんどう》！　パパやママ、アタル。たくさんの人《ひと》の潜在意識《せんざいいしき》も見《み》てみたいな。

でも、自分《じぶん》の潜在意識《せんざいいしき》、見《み》るの、心配《しんぱい》になってきた。

「魔法命《まほういのち》」だもん。潜在意識《せんざいいしき》に、魔法《まほう》の〝魔《ま》〟の字《じ》もなかったら、大《だい》ショックだよ。わたしは、スクリーンを見《み》つめながら、「魔法《まほう》、魔法《まほう》、まほう、まほう……。」と呪文《じゅもん》のように唱《とな》えつづけた。

「さあ、次《つぎ》は……。」

わたし？　ガロア？　どっちだろう～！　ドキドキしながら、スクリーンを見《み》た。

乱《みだ》れる映像《えいぞう》に、赤《あか》いなにかが見《み》えてきた……。

「うわっ！　血《ち》だ！」

リョータがさけんだ。

「もう、こわがりなんだから。早《はや》とちりしないでよ。」

でも、だんだん赤《あか》いシミが、広《ひろ》がっていく……。やっぱり、血《ち》……!?

「バラの花《はな》じゃないかしら？」

さつきが言《い》った。

「美《うつく》しい深紅《しんく》のバラが、スクリーンいっぱいに広《ひろ》がっている。きっとわたしだわ。……なんだか照《て》れちゃうな。西円洲博士《さいえんすはかせ》！　解説《かいせつ》したら、なにになるの？」

わたしはウキウキしてきいた。

「これは愛《あい》を意味《いみ》してる。広《ひろ》いこころで万物《ばんぶつ》を見《み》ようとしている。……潜在意識《せんざいいしき》はなにを映《うつ》すか楽《たの》しみだ。」

博士《はかせ》はガロアを見《み》てる。わたしじゃないの？　照《て》れてソンしちゃったよ。

映像《えいぞう》が変《か》わった。広《ひろ》い広《ひろ》い川《かわ》。まるで海《うみ》みたい。白《しろ》い帆《ほ》を張《は》った舟《ふね》が、ゆうゆうと走《はし》ってる。

さすが、愛《あい》のガロア。川幅《かわはば》も広《ひろ》いなんて。どんな潜在意識《せんざいいしき》を映《うつ》すのかな？

スクリーンの中央《ちゅうおう》が、ピカッと光《ひか》った。みるみる光《ひかり》があふれて、まぶしくて見《み》ていられない。

「西円洲博士《さいえんすはかせ》！　たいへん、『脳内《のうない》スクリーン』が、こわれちゃったよ！」

驚《おどろ》いて博士《はかせ》のほうを見《み》ると、ニコニコしてる。

「これは……めずらしいパターンだ。ロンリー型《がた》、『無《む》』と説明《せつめい》すればいいかな。」

「無《む》、ですか。」

ガロアが、ポツリと言《い》った。……傷《きず》ついてるんだね。

「わたしもショックだよ。賢《かしこ》いガロアが、じつは空《から》っぽだったなんて。でも、人生《じんせい》いろいろだよ。元気《げんき》出《だ》して。」

かわいそうなガロア……。わたしは、一生懸命《いっしょうけんめい》はげました。

「潜在意識《せんざいいしき》が、『無《む》』というのは、空《から》っぽということじゃないよ。修行《しゅぎょう》を積《つ》んで悟《さと》りをひらいた人《ひと》の領域《りょういき》、瞑想《めいそう》しているときの『空《くう》』だよ。じつに深《ふか》い。将来《しょうらい》が楽《たの》しみだね。」

博士《はかせ》は感心《かんしん》してる。わたしってば、力《ちから》いっぱいはげまして、恥《は》ずかしいじゃないのよ……。

と、いうことで、いよいよわたしの番《ばん》だ。

「ドキドキする〜。」

「あかり、落《お》ちついて。もうなにか映《うつ》りだしてるわよ。」

さつきに言《い》われて、あわててスクリーンを見《み》た。

紙《かみ》の束《たば》と、小《ちい》さな丸《まる》いものが映《うつ》ってる。だんだん映像《えいぞう》が、鮮明《せんめい》になってきて……。

「これ、お金《かね》じゃないか？」

リョータが言《い》った。ホントだ。お札《さつ》の束《たば》と、硬貨《こうか》が山盛《やまも》り！

「どういうことですか？」

「きみは、欲《よく》が深《ふか》いね。」

博士《はかせ》、それだけですか？　欲《よく》が深《ふか》いって、かっこう悪《わる》すぎだよ。

「しかし、この欲《よく》は、強《つよ》い好奇心《こうきしん》のあらわれでもあるね。好《す》きなことは、『知《し》りたい、見《み》たい、実現《じつげん》してみたい。』って思《おも》ってるね。」

そう、たしかにそう。

魔法《まほう》のこと、知《し》りたい、見《み》たい、実現《じつげん》させたい！　って思《おも》ってきた。それに——。

イザベラがわたしに、「欲《よく》が深《ふか》いのはいいことだ……。」って言《い》ってた。

魔法《まほう》の才能《さいのう》と関係《かんけい》あるのかしら？　心臓《しんぞう》が、ドキドキした。

スクリーンに川《かわ》があらわれた。潜在意識《せんざいいしき》へと進《すす》んでるのね。それにしても、激《はげ》しい流《なが》れ。スクリーンには、ガンガン水《みず》しぶきがあたってる。川《かわ》を行《い》くのは、いかだだ。まるで、葉《は》っぱが流《なが》されてるみたい、クルクルまわったり、飛《と》びはねたりしながら、進《すす》んでいくよ。

「あかりだけ、いかだってスゴイな。」

ガロアがほめてくれたけど、うれしくないぞ。いかだは、ガンガン激流《げきりゅう》を下《くだ》り、パアッと空《そら》へ飛《と》んで、見《み》えなくなった。

そして、ガーッ、ガガーッ！　スクリーンいっぱいに、掃除機《そうじき》があらわれた！

「なんで、なんで、掃除機《そうじき》なの!?」

もう、魔法《まほう》の「魔《ま》」の字《じ》……。どころじゃないよ。お金《かね》に掃除機《そうじき》って、どんな潜在意識《せんざいいしき》？

「西円洲博士《さいえんすはかせ》！　掃除機《そうじき》の解説《かいせつ》、してください。キレイ好《ず》きってことですか？」

「きみは、ガッツ型《がた》だよ！　欲《よく》も、ここまできたら、大《おお》きなパワーだね。なにか世界《せかい》が驚《おどろ》くことができそうだね。」

「あかりの掃除機《そうじき》、ガンガン吸《す》いまくってるな。潜在意識《せんざいいしき》までも、欲張《よくば》りなんて。オマエ、ある意味《いみ》スゴイぜ。」

リョータが感心《かんしん》してる。スクリーンは、まだ掃除機《そうじき》を映《うつ》してる。しかも、なにかを吸《す》って、どんどんふくらんでるよ。

「だ、だいじょうぶなんですか⁉」

わたしは、思《おも》わずさけんだ。

「潜在意識《せんざいいしき》が、増幅《ぞうふく》するなんて……。きみは、心底欲《しんそこよく》が深《ふか》いんだねぇ。」

博士《はかせ》がつぶやいた。

「掃除機《そうじき》、まだふくらんでるわ……。あかりの脳《のう》、破裂《はれつ》しちゃうの？」

さつきが心配《しんぱい》している。ええっ！　破裂《はれつ》⁉　思《おも》わず頭《あたま》を押《お》さえた。

「ハハハ、心配《しんぱい》しないで。脳《のう》は、破裂《はれつ》なんてしないよ。しかし、これはすばらしい発見《はっけん》だ！　こんな脳《のう》は、めったにないよ。」

心配《しんぱい》どころか、博士《はかせ》は喜《よろこ》んでる。

「いいかな。説明《せつめい》するよ。多《おお》くの人《ひと》は、意識《いしき》と潜在意識《せんざいいしき》は、ちがうものなんだ。でも、きみは、両方《りょうほう》とも、同《おな》じなんだよ。」

博士《はかせ》は、めずらしい生《い》き物《もの》を見《み》るように、わたしを見《み》てる。

「きみの脳《のう》がアルファ波《は》を出《だ》しやすい、ということと関係《かんけい》がある。この強《つよ》い『欲《よく》』で、『シューマン共振《きょうしん》』のようなことができるかもしれないな。なるほどね。」

博士《はかせ》は、楽《たの》しそうに一気《いっき》にしゃべった。だけど、なに？　さっぱりわからないよ。

「シューマイギョーザと掃除機《そうじき》？　それって魔法《まほう》の才能《さいのう》と関係《かんけい》あるんですか？」

わたしは椅子《いす》から立《た》ちあがり、博士《はかせ》につめよった。

「あかり、シューマイギョーザじゃないよ。『シューマン共振《きょうしん》』だよ。それは、『地球《ちきゅう》の脳波《のうは》』と言《い》われているものだよ。」

ガロアが説明《せつめい》したけど、その説明《せつめい》が、むずかしくてわかりません！

「あの、博士《はかせ》。もっとわかりやすく話《はな》してくれませんか？」

リョータがたのんだ。

「ああ、すまんね。『シューマン共振《きょうしん》』とは、地球《ちきゅう》の大地《だいち》で計測《けいそく》できる周波数《しゅうはすう》のことだよ。不思議《ふしぎ》なことに、人間《にんげん》の脳波《のうは》の周波数《しゅうはすう》と、地球《ちきゅう》の周波数《しゅうはすう》の数字《すうじ》は、同《おな》じなんだよ。」

「地球《ちきゅう》に脳《のう》はないのに、脳波《のうは》と同《おな》じ波動《はどう》があるって、どういうことですか？」

さつきが不思議《ふしぎ》そうな顔《かお》をした。ホントだね。

「もちろん『脳波《のうは》』じゃないよ。地球《ちきゅう》に存在《そんざい》する波動《はどう》だよ。太古《たいこ》から、地球上《ちきゅうじょう》の生命《せいめい》に、強《つよ》い影響《えいきょう》を与《あた》えてきた。と、推測《すいそく》されるから、『地球《ちきゅう》の脳波《のうは》』と、言《い》われているのさ。」

ガロアが博士《はかせ》のかわりに説明《せつめい》してる。なんでもよく知《し》ってる。感心《かんしん》するわ。

ってことは、地球《ちきゅう》の生命《せいめい》に強《つよ》い影響《えいきょう》を与《あた》えているものと、わたし、同《おな》じようなことができるの!?　このことが、魔法《まほう》の才能《さいのう》と関係《かんけい》があるの？

うん、そうだ、きっとそういうコトなんだ。

「これが魔法《まほう》の才能《さいのう》なんですね！　ありがとう！　西円洲《さいえんす》博士《はかせ》、わたし感動《かんどう》で、倒《たお》れそうです。」

わたしは博士《はかせ》の手《て》を、ギュッとにぎった。ああ、涙《なみだ》が出《で》そう！

「魔法《まほう》の才能《さいのう》ね……うーん、まあ、そんなところだ……。」

博士《はかせ》の返事《へんじ》ったら、キレが悪《わる》いようだけど、そんなの気《き》にしてられない。

「西円洲博士《さいえんすはかせ》！　わたし、もっともっと脳《のう》を鍛《きた》えたいです！　脳《のう》は筋肉《きんにく》と同《おな》じなんですよね。がんばって鍛《きた》えたら、魔法《まほう》の才能《さいのう》が、すばらしくみがかれますよね。」

わたしは、期待《きたい》いっぱいで、博士《はかせ》を見《み》つめた。

「そんなに鍛《きた》えたいなら、現在開発中《げんざいかいはつちゅう》の最新《さいしん》トレーニングプログラムがあるよ。やってみるかな？」

博士《はかせ》の目《め》が、キランと光《ひか》った。

「はいっ！　やりたいです。どんなトレーニングですか？」

「脳内物質《のうないぶっしつ》の分泌《ぶんぴつ》を活発《かっぱつ》にする『バーチャル・脳内宝探《のうないたからさが》し』を体験《たいけん》してみないかな？　もちろん、きみたち三人《にん》の脳《のう》も鍛《きた》えられる。どうかな？」

博士《はかせ》はニッコリ微笑《ほほえ》んだ。

「バーチャルで宝探《たからさが》し？　おもしろそう！」

わたしはやる気満々《きまんまん》。

「でも、博士《はかせ》、脳内物質《のうないぶっしつ》って、なんですか？　脳《のう》から、なにが出《で》るのですか？」

用心深《ようじんぶか》いリョータが博士《はかせ》に質問《しつもん》した。

「簡単《かんたん》に言《い》うと、脳内神経《のうないしんけい》の潤滑油《じゅんかつゆ》だね。脳《のう》は、神経細胞《しんけいさいぼう》の集《あつ》まりだからね。鍛《きた》えあげた脳能力《のうのうりょく》に、いい油《あぶら》を注《さ》せば、脳《のう》の回転《かいてん》がスピードアップ！　うーんすばらしい！　この体験《たいけん》をすると、世界人類《せかいじんるい》の平和《へいわ》と発展《はってん》に役立《やくだ》つ、完璧《かんぺき》な脳《のう》になるだろうね。」

博士《はかせ》が、わたしの手《て》を、ギュッとにぎりかえした。

世界人類《せかいじんるい》の平和《へいわ》!?　スゴイ、魔法《まほう》と科学《かがく》の力《ちから》が、いま、ここに合体《がったい》するんだ。

夢《ゆめ》にまで見《み》たことが、実現《じつげん》するんだね。

ガロアたちが、じっと考《かんが》えてる。でも、わたしのこころは、決《き》まってる。

「ねっ、体験《たいけん》しようよ。みんなの脳《のう》と、わたしの魔法《まほう》のために、ねっ、ねっ。」

「そうね。こんな体験《たいけん》、二度《にど》とできないでしょうね。」

さつきの言葉《ことば》に、ガロアとリョータもうなずいた。

「うん、なにごとも、経験《けいけん》だね。」

「では、決定《けってい》！『バーチャル・脳内宝探《のうないたからさが》し』体験《たいけん》へ出発《しゅっぱつ》だ！」

西円洲博士《さいえんすはかせ》が、うれしそうにさけんだ。一瞬《いっしゅん》、博士《はかせ》の笑顔《えがお》がゆがんで見《み》えたような気《き》がしたけど。そんなことは、どうでもいいもんね。

——魔法《まほう》の才能《さいのう》の証明《しょうめい》が、どんどん進《すす》んで、おまけにパワーアップするんだ。わたしは幸《しあわ》せで、幸《しあわ》せで、めまいがしてきた。

6

めっちゃ楽《たの》しいトレーニング「バーチャル・脳内宝探《のうないたからさが》し」だ!?

「さあ、ここが『バーチャル・脳内宝探《のうないたからさが》し』への入《い》り口《ぐち》だよ。」

博士《はかせ》が、スタスタと研究室《けんきゅうしつ》のなかを歩《ある》き、真《ま》っ白《しろ》い壁《かべ》のスイッチを押《お》した。

壁《かべ》が、音《おと》もなく左右《さゆう》に割《わ》れた。

「うわあっ、エレベーターが現《あらわ》れたよ。これに乗《の》るのですね、博士《はかせ》。」

「そうだよ。『バーチャル・脳内宝探《のうないたからさが》し』は、地下《ちか》にあるのだよ。さぁ、乗《の》って。この扉《とびら》が開《ひら》いたら、宝探《たからさが》しのはじまりだよ。」

ドキドキしながら、エレベーターに乗《の》りこんだ。音《おと》もなくエレベーターが動《うご》きだし、やがてとまった。スッと扉《とびら》が開《ひら》いて……。

「信《しん》じられない、ここは、どこ?」

「研究所《けんきゅうじょ》のなかに、草原《そうげん》があるわ!」

ガロアとさつきが、驚《おどろ》いて声《こえ》をあげた。わたしとリョータは、驚《おどろ》きすぎちゃって、ただ口《くち》をポカンとあけているだけ。

たしかに、研究所《けんきゅうじょ》のなかだよね。外《そと》へ出《で》てないよね？

なのに、大草原《だいそうげん》が広《ひろ》がっているし、大空《おおぞら》に鳥《とり》が舞《ま》っているし、さわやかな風《かぜ》が吹《ふ》いてる！　これは、もう、完全《かんぜん》に、大自然《だいしぜん》のなかでしょう⁉

いつのまに、移動《いどう》したんだろう？　わたしたちの頭《あたま》のなかは、？マークが、ギッシリだ。

「ハーハハハッ……。どうだい、驚《おどろ》きすぎてめまいがするかい？　これこそが西円洲《さいえんす》脳能科学研究所《のうのうかがくけんきゅうじょ》が誇《ほこ》る、脳能力最大向上《のうのうりょくさいだいこうじょう》トレーニングプログラム、『バーチャル・脳内宝探《のうないたからさが》し』だ。」

風《かぜ》に乗《の》って博士《はかせ》の声《こえ》がきこえてきた。

「西円洲博士《さいえんすはかせ》、説明《せつめい》して。ここは、どこ？」

「ご説明《せつめい》しましょう。」

ふりむくと、博士《はかせ》じゃなくて、広報部《こうほうぶ》の日下部《くさかべ》さんがいた。

「これは大自然《だいしぜん》のなかにいるように見《み》えますが、実際《じっさい》は、普通《ふつう》の部屋《へや》のなかです。きみたちは、そこに立《た》っているだけですよ。」

「まさか……。だって、感《かん》じるもん。目《め》も、耳《みみ》も、肌《はだ》も、鼻《はな》も、大草原《だいそうげん》にいるって。」

わたしは、このリアル感《かん》が作《つく》り物《もの》だなんて、とても信《しん》じられない。

「そうか――。わかったよ。これは、脳《のう》に直接《ちょくせつ》働《はたら》きかけているんだね。」

ガロアの目《め》が、キランと光《ひか》った。

「きみ、正解《せいかい》！ たとえば目《め》。モノを見《み》るのは、目《め》だと思《おも》ってるだろう。でも、それだけじゃ見《み》えない。網膜《もうまく》でとらえた情報《じょうほう》が、視床《ししょう》をへて、第一次視覚野《だいいちじしかくや》に伝《つた》えられてはじめて、モノが見《み》えるのだよ。」

日下部《くさかべ》さんは、サラッと説明《せつめい》したけど、むずかしすぎて、わからないよ。

「簡単《かんたん》に言《い》うと、目《め》が映《うつ》しているが見《み》ているのは、脳《のう》。と、いうことだよ。」

ガロアが解説《かいせつ》してくれた。見《み》ているのは、目《め》、じゃなくて、脳《のう》……？ わかったようで、わからないな。

「そうか、わかったわ……。五感《ごかん》を感《かん》じる脳《のう》の部分《ぶぶん》を、刺激《しげき》しているから、こんなにリアルな世界《せかい》ができたのね。」

さつきがうれしそうに言《い》った。

「さつき、五感《ごかん》って？」

「視覚《しかく》、聴覚《ちょうかく》、嗅覚《きゅうかく》、触覚《しょっかく》、味覚《みかく》のことよ。」

「へぇ、においや音《おと》も？　鼻《はな》や耳《みみ》は、情報《じょうほう》の入《い》り口《ぐち》、すべて脳《のう》が判断《はんだん》するってことなのね。なんとなく、わかってきたぞ。今日《きょう》は、ずいぶん賢《かしこ》くなったよね。これからもっと、脳能力《のうのうりょく》がアップしたら、勉強《べんきょう》なんてしなくても、明日《あした》からテスト、全部《ぜんぶ》百点《てん》だね。」

にっこり微笑《ほほえ》んだら、さつきが、

「月曜日《げつようび》、国語《こくご》と算数《さんすう》のテストがあるわよ。楽《たの》しみね。」

だって。

「さあ、別室《べっしつ》で衣装《いしょう》に着《き》がえてください。より、リアルに、より、効率《こうりつ》よい体験《たいけん》ができます。」

日下部《くさかべ》さんが先頭《せんとう》にたって、大草原《だいそうげん》のなかを歩《ある》いてる。

――足《あし》もとに感《かん》じる柔《やわ》らかい草《くさ》、小鳥《ことり》のさえずり、この心地《ここち》よい自然《しぜん》が、バーチャルなんて、ホント信《しん》じられない。

「あかり、この環境《かんきょう》なら、きっといい訓練《くんれん》ができるよ。がんばろうね。」

ガロアがわたしに言《い》った。

おおっ、ガロアったら、やる気出《きで》てきたみたい。冷静《れいせい》だけど、勝負《しょうぶ》に燃《も》えるタイプなんだよね。よーし、がんばるぞ。わたしはお腹《なか》に力《ちから》を入《い》れた。

わたしたちは、山小屋《やまごや》みたいな小《ちい》さな家《いえ》へ案内《あんない》された。

「さあ、ここへはいって。」

みんなで山小屋《やまごや》のなかにはいると――。

「うそーっ！」

わたしたちの服《ふく》、一瞬《いっしゅん》で変《か》わっちゃった。ゲームのなかの勇者《ゆうしゃ》みたいな、ギリシャ神話《しんわ》に出《で》てくる神様《かみさま》のようなヒラヒラ風《かぜ》になびく衣装《いしょう》に変《か》わってる。

「スゴッ！　カッコイイし、動《うご》きも軽《かる》いぜ。」

リョータが、腕《うで》を何度《なんど》もふりまわしてる。

博士《はかせ》の発明《はつめい》で、いくつノーベル賞《しょう》が受賞《じゅしょう》できるのだろう……。

「カッコイイわね。映画《えいが》の主人公《しゅじんこう》になったみたいね。」

さつきが自分《じぶん》の姿《すがた》を見《み》て、うれしそうにため息《いき》をついた。

「準備《じゅんび》はできましたね。それでは、説明《せつめい》します。この大自然《だいしぜん》のどこかに、宝《たから》の箱《はこ》があります。旅《たび》をしながら探《さが》してください。どんな財宝《ざいほう》がはいっているか、それはきみたちの脳能力《のうのうりょく》に比例《ひれい》する仕組《しく》みになっています。つまり宝《たから》が大《おお》きいほど、きみたちが得《え》た、脳能力《のうのうりょく》も大《おお》きいってことです。」

「スゴイ！　それじゃあがんばってゼッタイ大《おお》きな宝《たから》を、手《て》に入《い》れるぞ。」

わたしは早《はや》く宝探《たからさが》しに行《い》きたくて、ムズムズしてきた。

「きみたちの脳内物質《のうないぶっしつ》に反応《はんのう》するよう、プログラムしてあります。脳内物質《のうないぶっしつ》の質《しつ》、量《りょう》で、宝物《たからもの》が、近《ちか》づいたり、消《き》えたりするから、がんばってください！」

「宝《たから》を探《さが》しあてることができるのも、できないのも、ぼくたちの脳内物質《のうないぶっしつ》しだいってことか……。」

ガロアが楽《たの》しそうに、うなずいてる。

「そのとおり！　みごと宝《たから》をゲットできたら、きみたちの脳《のう》の情報処理力《じょうほうしょりりょく》が、飛躍的《ひやくてき》に速《はや》くなるのだよ。」

「うーん、それってつまり？」

「つまり、宝探《たからさが》しが終《お》わったら、頭《あたま》の回転《かいてん》が、とってもよくなってる。ってことです。」

日下部《くさかべ》さんが、勢《いきお》いよく宣言《せんげん》した。

「楽《たの》しくって、賢《かしこ》くなって。言《い》うことないね！　ゼッタイ宝《たから》を探《さが》しあてるぞ！」

わたしはググッと腕《うで》をあげた。

「ヨッシャー、みんな、行《い》くぞ！　宝探《たからさが》し、スタートだ。」

リョータが雄叫《おたけ》びをあげ、わたしたちは、元気《げんき》に出発《しゅっぱつ》した。

さわやかな風《かぜ》を、全身《ぜんしん》で感《かん》じながら、わたしたちは歩《ある》きだした。ホントにバーチャルだなんて、信《しん》じられない。空気《くうき》はおいしいし、ときどき小鳥《ことり》のさえずりはきこえるし……。草原《そうげん》のなかにいるみたい。……ん？　うしろからなにかがついてくる。なんだか背後《はいご》に怪《あや》しい気配《けはい》を感《かん》じる！

ヒヒィーン……ブルブルッ！

ききなれない音《おと》……思《おも》いきってふりむくと！

「ウワッ！　馬《うま》だ。」

わたしはドキドキして、さつきの腕《うで》にしがみついた。

「かわいい馬《うま》じゃない？　ほら、だいじょうぶよ。バーチャルだし。四頭《とう》いるってことは、これに乗《の》るのね。」

さつきが馬《うま》の鼻《はな》をなでてる。鼻《はな》の穴《あな》、目《め》、顔《かお》、すべてデカッ！　かわいいかな？　はじめて至《し》近距離《きんきょり》で馬《うま》を見《み》たけど、スゴイ迫力《はくりょく》。こわいぞ。

そう感《かん》じたら、馬《うま》の姿《すがた》が、かすんできた！　わたしは目《め》をパチパチしてみたけど、どんどんかすんでいく。

「ダメ、馬《うま》が見《み》えないよ！」

「きみの脳《のう》は、ノルアドレナリンが分泌《ぶんぴつ》されているようだね。」

空《そら》から博士《はかせ》の声《こえ》が、響《ひび》いてくる。なんだか神様《かみさま》の声《こえ》みたい。

「のるあどれなりんって、なに？　そんなの出《だ》してるつもり、ないのに。」

あせればあせるほど、まわりの風景《ふうけい》もかすんでくる……すると、

「あかり、ノルアドレナリンとは、ネガティブな感情《かんじょう》、つまり不安《ふあん》で『無理《むり》！』と、思《おも》うときに、どんどん分泌《ぶんぴつ》されるんだ。もっと、前《まえ》むきに『楽《たの》しそう！』って思《おも》ってごらん。」

ガロアが教《おし》えてくれた。

「おやおや、たいへんだ。このまま馬《うま》が消《き》えたら、ゲームオーバーだよ。」

楽《たの》しそうな博士《はかせ》の声《こえ》がきこえてくる。

まだはじまったばかりなのに……。そんなの、イヤだよ。

わたしは、落《お》ちついて馬《うま》の顔《かお》をなでてみた。……温《あたた》かい。じっと馬《うま》の瞳《ひとみ》を見《み》たら、こころが落《お》ちついてきた。

「あーっ、馬《うま》が、見《み》えてきた！　よかった〜。ありがとう、ガロア。」

「この馬《うま》たち、わたしたちが乗《の》るのを、待《ま》ってるようね。」

さつきが馬《うま》をなでながら言《い》った。

「きっとそうだよ。手綱《たづな》、鞍《くら》もついてる。でも、乗馬《じょうば》なんて経験《けいけん》ないぜ。」

リョータがこまった顔《かお》をしてる。

「わたしにまかせて。夏休《なつやす》みの家族旅行《かぞくりょこう》で、高原《こうげん》へ行《い》ったときに乗《の》ったことあるの。まず、馬《うま》にあいさつ。こんにちは、乗《の》りますよって、やさしくなでてコミュニケーションをとるの。」

ふーん、デリケートで賢《かしこ》い生《い》き物《もの》だからね。わたしたちは、馬《うま》たちにあいさつした。

「そして、鞍《くら》のホーンに手綱《たづな》を持《も》った手《て》をかけ、あぶみに左足《ひだりあし》をかけて、エイッとまたがる。」

そう言《い》いながら、栗毛色《くりげいろ》の馬《うま》に、ヒラリとまたがった。

「さつき、カッコイイ〜。」

「オレは、白馬《はくば》！」

リョータがつづいた。

そして、ガロアは真《ま》っ黒《くろ》な馬《うま》に乗《の》って、最後《さいご》はわたし。エイヤッ！　と、あし毛《げ》の馬《うま》にまたがった。

乗《の》り心地《ごこち》もあまりにリアルで、本当《ほんとう》の勇者《ゆうしゃ》になって、旅《たび》に出《で》るみたい。

「では、出発《しゅっぱつ》！　で、どうすれば動《うご》くの？」

「両足《りょうあし》で、馬《うま》のお腹《なか》を軽《かる》く蹴《け》ると、進《すす》め。手綱《たづな》を右《みぎ》に引《ひ》くと、右《みぎ》へ曲《ま》がり、左《ひだり》へ引《ひ》くと、左折《させつ》、手綱《たづな》を引《ひ》くととまるのよ。」

さつきに教《おし》えてもらい、今度《こんど》こそ、出発《しゅっぱつ》！

馬《うま》たちは、パカパカと進《すす》みだした。

おおっ、楽《らく》だね〜。楽《たの》しいじゃない。と、思《おも》ったら、だんだん速《はや》くなって、ついに走《はし》りだしたぞ。

「お、落《お》ちる〜！」

わたしは必死《ひっし》でしがみついた。

「おおっ、アドレナリンが活発《かっぱつ》に出《で》ているね。」

博士《はかせ》の声《こえ》がまた、きこえてきた。

「アドレナリンって、どんなの〜？」

「興奮《こうふん》しているときに、出《で》るのよ！」

さつきが馬上《ばじょう》からさけんでる。

「みんな、太《ふと》ももで、鞍《くら》を押《お》さえるようにして。とまるときは、手綱《たづな》を自分《じぶん》のほうに引《ひ》いてね。」

さつきがお手本《てほん》を見《み》せてる。わたしたちも、腹筋《ふっきん》、背筋《はいきん》、ももの内側《うちがわ》にシャキッと力《ちから》を入《い》れて、パッカパッカと、上下運動《じょうげうんどう》をはじめた。なんだか、上達《じょうたつ》してきたぞ。

青空《あおぞら》が、気持《きも》ちいい。

風《かぜ》が、心地《ここち》いい。

わたしたちは、優雅《ゆうが》に草原《そうげん》を走《はし》りつづけてる。

「あかり〜、見《み》て、湖《みずうみ》が見《み》えるわ！」

さつきがふりむいて声《こえ》をかけた。ほんとだ、木立《こだち》の先《さき》に、キラキラ光《ひか》る湖《みずうみ》が見《み》えてきた。

「スゲーッ気持《きも》ちいい！　馬《うま》の背中《せなか》って、高《たか》いから見晴《みは》らしいいな！」

さすが、運動神経《うんどうしんけい》のいいリョータ！　いちだんとスピードをあげて走《はし》ってる。これがバーチャルだなんて、信《しん》じられないね。

馬《うま》たちは、湖《みずうみ》と反対方向《はんたいほうこう》へ曲《ま》がり、森《もり》へはいり、洞窟《どうくつ》の前《まえ》で、そろって歩《ほ》をとめた。

「ここへはいれってことね。」

さつきが、ヒラリと馬《うま》からおりた。わたしも、なんとかおりて、洞窟《どうくつ》の入《い》り口《ぐち》からなかをうかがった。

「しめった冷《つめ》たい風《かぜ》が吹《ふ》いてくる……。なかに、地底湖《ちていこ》があるかもね。入《い》り口《ぐち》はせまいし、一列《れつ》になっていこう。」

ガロアがみんなに言《い》った。

「だれが先頭《せんとう》?」

「こんなときは、ジャンケンでしょ。」

ジャーンケーンポン!

「……なんで、オレなんだよ。」

こわいもの好《ず》きのこわがりリョータが先頭《せんとう》、さつき、ガロア、わたしの順《じゅん》。リョータったら情《なさ》けない顔《かお》で、ふりかえってばかりいる。

「『バーチャル・脳内宝探《のうないたからさが》し』なんだから、だいじょうぶだよ。こわがりすぎると、洞窟《どうくつ》が消《き》えて、ゲームオーバーだよ。」

わたしはうしろからはげました。洞窟《どうくつ》のなかは、真《ま》っ暗《くら》ですごく不気味《ぶきみ》。ジャンケンで勝《か》って、ホントよかったよ。

「い、行《い》くぞ……。ウギャー——!」

暗闇《くらやみ》に、リョータのさけび声《ごえ》が響《ひび》きわたる。緊張《きんちょう》してノルアドレナリンが出《で》すぎて、洞窟《どうくつ》が消《き》えちゃったんだわ!

洞窟《どうくつ》が消《き》えたら、どうなるの!? わたしも恐怖《きょうふ》にとらわれた瞬間《しゅんかん》、足《あし》もとの、地面《じめん》がスッと消《き》えた！

身体《からだ》が、急降下《きゅうこうか》していく！

「あかり！　リョータ！」

さつきのさけび声《ごえ》がきこえる。

「みんな！　こころを静《しず》めて！」

ガロアの必死《ひっし》の声《こえ》がきこえるけど、

「ウワワッ――――！」

猛《もう》スピードで落《お》ちていく。もう、宝探《たからさが》しは、終《お》わっちゃうの？　そんなの、いやだ。魔法《まほう》の才《さい》能《のう》をみがきたいもん。

「まだまだつづけたい――――！」

わたしは、思《おも》いっきりさけんだ。

「わたしも～！」

「がんばるぞ～！」

「最後《さいご》まで、あきらめないぞ～！」

わたしたちは落《お》ちながらさけびつづけた。すると。

……ピタッと宙《ちゅう》でとまった。

ゲームオーバー？　と、あきらめかけたら、なんと……。

わたしたち、広《ひろ》い宇宙空間《うちゅうくうかん》に浮《う》かんでるよ！　しかも、宇宙服《うちゅうふく》まで着《き》てる！

「ヤッター！　まだつづくみたいね。」

「よくがんばったね。恐怖心《きょうふしん》に負《ま》けてしまうかと思《おも》ったが、四人《にん》とも、こころの持《も》ちなおしが立派《りっぱ》だ。とくに魔法《まほう》のきみ！　ギリギリで、ウレシイときの、ドーパミンが多《おお》く分泌《ぶんぴつ》されだした。この状態《じょうたい》で、ドーパミンを出《だ》すとはね。さぁ、ここまできたら、あと一歩《いっぽ》。この星々《ほしぼし》のなかに、宝《たから》があるよ。見《み》つかるかな？」

うれしそうな、博士《はかせ》の声《こえ》が、宇宙《うちゅう》に響《ひび》いた。

まわりを見《み》わたすと、小《ちい》さい星々《ほしぼし》が、たくさん浮《う》かんでる。ホントに小《ちい》さくて、カワイイ星《ほし》たち。

ピンク、黄色《きいろ》、銀《ぎん》。色《いろ》とりどりで、絵本《えほん》の世界《せかい》みたい。

「ねえ、この星《ほし》、『星《ほし》の王子《おうじ》さま』に出《で》てくる星《ほし》と同《おな》じね。人一人《ひとひとり》が立《た》つのが、精一杯《せいいっぱい》って感《かん》じね。この星《ほし》に宝《たから》の箱《はこ》はあるかしら？」

さつきが黄色《きいろ》の星《ほし》に立《た》って、探《さが》してる。

ふわふわした、無重力《むじゅうりょく》って、すごく楽《たの》しい。わたしたちは、ビューン、ビューンと宇宙空間《うちゅうくうかん》を泳《およ》いで、小《ちい》さくて、カワイイ星《ほし》たちの探検《たんけん》をはじめた。一つずつ星《ほし》に着陸《ちゃくりく》しては、宝《たから》を探《さが》すけど、そう簡単《かんたん》には、見《み》つからない。

「もう、オレには無理《むり》そうだぜ。いくら探《さが》しても、見《み》つからないよ。」

リョータがため息《いき》をついて、星《ほし》に腰《こし》かけてる。

わたしは、あきらめたくない。ゼッタイ見《み》つけてみせるぞ。神経《しんけい》を集中《しゅうちゅう》させて、星《ほし》たちを、じーっと見《み》つめてみた。

すると、まぶしい光《ひかり》のすじが、見《み》えてきた。まるで、一本《ぽん》の細《ほそ》い糸《いと》のよう。星々《ほしぼし》のあいだから、まっすぐにこちらにのびている。

「ああっ、ものすごく光《ひか》っている星《ほし》がある。きっと、あれだ！」

「おおっ、β《ベータ》－エンドルフィンがグングン出《で》ているぞ。」

博士《はかせ》の声《こえ》がきこえる。なんだか、わからないけど、それってスゴイことかな？　わたしは、宇《う》宙空間《ちゅうくうかん》のあいだを、光《ひかり》をたよりに泳《およ》いでいった。

「あかりー、待《ま》って。」

さつきたちが、追《お》いかけてきた。

わたしたちは、光《ひか》り輝《かがや》く星《ほし》に降《お》り立《た》って、岩《いわ》場《ば》を探《さが》した。

「あった！」

「宝《たから》の箱《はこ》、大《おお》きな宝《たから》の箱《はこ》があった！　西円洲《さいえんす》博士《はかせ》！　わたしたち、見《み》つけました！」

わたしは、高々《たかだか》と、宝《たから》の箱《はこ》をかかげた。

「あかり、スゴイ！」

「ホントよくやったな。」

「あー、楽《たの》しかった！」

みんながニッコリしてる。

「みごとだね。最後《さいご》にβ《ベータ》－エンドルフィンがこんなに分泌《ぶんぴつ》されるとは、想像《そうぞう》もつかなかったよ。」

博士《はかせ》の声《こえ》が、興奮《こうふん》してる。

「そのベータエンド……ってなんですか？」

意味《いみ》がわからないと、ほめられても実感《じっかん》わかないもん。

「これの分泌《ぶんぴつ》が多《おお》いと脳《のう》の動《うご》きがよくなって、直感《ちょっかん》やヒラメキの力《ちから》がつくのだよ。」

「カンやヒラメキの力《ちから》がつくなんて、おトクでいいね。」

「いいからあかり、早《はや》く箱《はこ》をあけようぜ。」

リョータが待《ま》ちきれないって、顔《かお》してる。

「わかってるよ。さあ、あけるよ！」

わたしが箱《はこ》に手《て》をかけた、そのとき。

――ズゥーン……。

にぶい音《おと》がしたと思《おも》うと、あたりが、パッと明《あか》るくなった。

まるで、暗《くら》い部屋《へや》で、蛍光灯《けいこうとう》のスイッチを入《い》れたみたい。大宇宙《だいうちゅう》がパッと消《き》えて、無機質《むきしつ》な部屋《へや》があらわれた。

「えっ？　宝《たから》の箱《はこ》は⁉」

「宝《たから》の箱《はこ》のなかを見《み》たかったのに。なにがはいってるか、知《し》りたかったのに！」

わたしたちは、呆然《ぼうぜん》と部屋《へや》に立《た》ちつくしてる。

「ハハハ、この経験《けいけん》が、『宝《たから》』なんだよ。この経験《けいけん》で、さらに脳能力《のうのうりょく》は、向上《こうじょう》したからね。きみたち、すばらしい脳《のう》だよ。なかなか最後《さいご》までは、たどりつけないからね。じつにすばらしい、めでたい！　みんな、スゴイ才能《さいのう》があるよ。ホントによかった！」

なにがそんなにめでたいのか、ちょっと気《き》になったけど、それどころじゃないもの。

だって、わたしの魔法《まほう》の才能《さいのう》、博士《はかせ》がしっかりと、証明《しょうめい》してくれたんだもん！

7 たいへん！　おバカな世界《せかい》がやってきた⁉

朝《あさ》、ベッドのなかでパチッと目《め》ざめた。

目《め》ざましにも、ママにも、起《お》こされてない。スッキリとさわやかに、一人《ひとり》で目《め》がさめた。

昨日《きのう》は、疲《つか》れて一日中《いちにちじゅう》ベッドにいたから、今日《きょう》はパワーいっぱい、めっちゃ寝《ね》ざめがいい。

それにしても、どうして昨日《きのう》は、あんなに眠《ねむ》れたのかしら？　大好《だいす》きな日曜《にちよう》なのに、ほとんどベッドのなかだった。ご飯《はん》とおやつは、しっかり食《た》べたから、病気《びょうき》じゃないし……。脳能科学研究所《のうのうかがくけんきゅうじょ》で、飛躍的《ひやくてき》に賢《かしこ》くなったから、脳《のう》が、「お疲《つか》れ。」って、休《やす》んでたのかな。

とにかく、今朝《けさ》はスッキリ。いちだんと脳能力《のうのうりょく》が高《たか》まった感《かん》じ。きっと魔法《まほう》の才能《さいのう》がパワーアップしてる気《き》がする。

天河《てんかわ》あかり、十二歳《さい》、みんなとちがう小学生《しょうがくせい》……。なんてね。わたしのなか、スゴイことになってるかも……ふふふ～ん。

「みんな、おはよう！」

わたしはゴキゲンで、あいさつした。

「あかり、おはよう。さぁ、二人《ふたり》とも早《はや》くこっちへ来《き》て。もうすぐはじまるよ。」

パパがリビングのソファから、手招《てまね》きをした。

「おねえちゃんってば、いつもおそいんだから！」

アタルが呼《よ》んでる。

「パパもアタルも、朝《あさ》からテレビに夢中《むちゅう》になって、どうしたの？」

そう言《い》いながら、テレビ画面《がめん》をのぞきこんだら……。

「みなさん、おはようございます。『毎日《まいにち》が脳能科学《のうのうかがく》』の時間《じかん》です。西円洲博士《さいえんすはかせ》に、月曜《げつよう》の脳能《のうのう》力《りょく》をチャージしてもらいましょう。」

キャスターのお姉《ねえ》さんが、まじめな顔《かお》で話《はな》しかけてる。

「へぇ～、『毎日《まいにち》が脳能科学《のうのうかがく》』だって。新《あたら》しい番組《ばんぐみ》なのかな？」

なにげなく言《い》ったら……、

「おねえちゃん、しっかりしなよ。毎日観《まいにちみ》る、大事《だいじ》な番組《ばんぐみ》だろ？」

アタルったら、目《め》をむいて驚《おどろ》いてる。

え〜、わたし、初耳《はつみみ》ですけど。博士《はかせ》の特集番組《とくしゅうばんぐみ》はあったけど、毎日《まいにち》テレビに出《で》てたかしら？

「博士《はかせ》から、脳能力《のうのうりょく》をチャージしてもらうことで、わたしたちの日々《ひび》はあるのよ。」

ママの目《め》が真剣《しんけん》。ちょっとこわいくらい。

あっ、博士《はかせ》が画面《がめん》にあらわれた。

「『脳《のう》は、宇宙《うちゅう》より広《ひろ》い！』みなさん、おはよう、西円洲《さいえんす》です。『毎日《まいにち》が脳能科学《のうのうかがく》』の時間《じかん》です。今日《きょう》は月曜日《げつようび》。一週間《しゅうかん》、しっかり働《はたら》き、勉強《べんきょう》ができる『脳《のう》の基本体操《きほんたいそう》』をはじめよう。」

テレビ画面《がめん》のなかから、博士《はかせ》が話《はな》しかけてる。でも、土曜日《どようび》に研究所《けんきゅうじょ》で会《あ》ったときと、微妙《びみょう》にちがう……。目《め》が、ギラギラしてるみたい。パパに、言《い》おうと思《おも》ったけど、テレビに夢中《むちゅう》。

「では、はじめるよ！　みんな、画面《がめん》に集中《しゅうちゅう》して！」

画面《がめん》が、博士《はかせ》のアップから切《き》りかわった。――熱帯《ねったい》の色鮮《いろあざ》やかな鳥《とり》たち、威嚇《いかく》するライオン、月夜《つきよ》に鳴《な》く虫《むし》、躍《おど》るように泳《およ》ぐ熱帯魚《ねったいぎょ》……。なんのつながりもない映像《えいぞう》だけど、キレイ……。こころと頭《あたま》が、とっても自由《じゆう》になる感《かん》じ。

ママも、アタルもパパも、とーっても気持《きも》ちよさそう。半分寝《はんぶんね》ているみたい。そう。博士《はかせ》が言《い》ってた。眠《ねむ》りかけのときって、シータ波《は》っていう脳波《のうは》が出《で》ているらしい。瞑想《めいそう》しているときの脳波《のうは》と同《おな》じらしいから、かなり脳《のう》にいいんだって。

――。

「あれー、わたしも眠《ねむ》たくなってきた……。さっき、さわやかに目《め》ざめたばかりなのに……。」

目《め》をあけていられないほど――。おかしいな……。とにかく、眠《ねむ》たいよ……。

『……デルタ、シータ、アルファ、ベータ……デルタ、シータ、アルファ……。』あれっ？　遠《とお》のく意識《いしき》のなかに、西円洲博士《さいえんすはかせ》の、声《こえ》がきこえてる……。

テレビの音《おと》かしら？　ううん、もっと、近《ちか》く。

『さぁ、これから大事《だいじ》な仕事《しごと》をするからね……。』

わたしの頭《あたま》のなかで、博士《はかせ》の声《こえ》がきこえるような……。

まさか！　わたしは、頭《あたま》をブルブルとふってみた。でも……きこえる！

『脳《のう》を拝借《はいしゃく》。』

声《こえ》がはっきりするほど、意識《いしき》は、遠《とお》くなって……。

ふわふわした、不思議《ふしぎ》な感覚《かんかく》。脳《のう》のなかに、博士《はかせ》が住《す》んでるみたい。『脳《のう》は、宇宙《うちゅう》より広《ひろ》い！』……うん、そうだね……意識《いしき》がトロトロにとけていった。

「あかり、ほら、朝《あさ》ご飯《はん》よ。トーストを用意《ようい》するわね。」

気《き》がつくと、もうみんなは椅子《いす》に座《すわ》ってる。あれれ？　わたし、どうしたのかしら？　わたしはあわててテーブルについた。

いれたてのミルクティーにお砂糖《さとう》をふたつ入《い》れて、ひと口《くち》飲《の》んだ。ん？　ママったら、不思議《ふしぎ》なことをしてる。

「……パパが二、アタル一、あかり一、わたしが二……えっと、全部《ぜんぶ》で六枚《まい》、二枚《まい》できているから、あと何枚必要《なんまいひつよう》かしら？」

声《こえ》を出《だ》しながら、指《ゆび》を折《お》って数《かぞ》えてるよ。

「数《かず》を数《かぞ》えるのは、たいへんだわ。朝《あさ》はいそがしいのに。パパ、お願《ねが》い！」

そう言《い》いながら、ママはパパの目《め》の前《まえ》に、指《ゆび》を六本出《ぽんだ》した。

「えー、できているのは、二枚《まい》で、六枚必要《まいひつよう》だから、一、二、ほらあと四枚《まい》だよ。」

パパがママの指《ゆび》を、二本折《ほんお》って教《おし》えてる。ち、ちょっと！　なにしてるの!?

「アタル、たいへんだよ。ママたち、数《かず》がわからないよ！」

必死《ひっし》でさけんだけど、アタルは平気《へいき》な顔《かお》してる。

「数《かず》はむずかしいんだもん。いそがしいときは、協力《きょうりょく》したほうが、計算《けいさん》が速《はや》いだろ。常識《じょうしき》じゃん。それより、おねえちゃん、早《はや》く食《た》べないと、遅刻《ちこく》するよ。」

アタルったら、さっさと食《た》べて、席《せき》を立《た》った。

「それにしても、こんな簡単《かんたん》な計算《けいさん》、夫婦《ふうふ》でしなくたって……。」

「おねえちゃん、博士《はかせ》の番組《ばんぐみ》、ちゃんとマジメに観《み》てなかっただろ？　だからこんなあたりまえのこと、わからなくなるんだぞ。ぼく、先《さき》に行《い》くからね。」

「えっ、アタル、そんなんで納得《なっとく》できないよ。ねぇ！」

呼《よ》びとめたのに、アタルったらランドセルを背負《せお》って、出《で》ていっちゃった。

わたしは、トーストを食《た》べながら、ママたちを観察《かんさつ》した。

コーヒーをいれて、新聞《しんぶん》を読《よ》んで、チラシを見《み》ながら、買《か》い物《もの》の相談《そうだん》して……。足《た》し算《ざん》、引《ひ》き算《ざん》ができないけど、ほかのことは、だいじょうぶみたい。

「あかり、じっと見《み》て、どうしたの？　そろそろ行《い》かないと、遅刻《ちこく》するわよ。」

ママに注意《ちゅうい》されちゃった。

わたしは、トーストを残《のこ》りのミルクティーで流《なが》しこんで家《いえ》を出《で》た。あれれ——？

……いやだ、眠《ねむ》たくなってきちゃった……。朝《あさ》、学校《がっこう》へ行《い》く途中《とちゅう》、眠《ねむ》くなるなんて……。

『脳《のう》は、宇宙《うちゅう》より広《ひろ》い……。』また、西円洲博士《さいえんすはかせ》の声《こえ》がきこえる……。歩《ある》きながら、眠《ねむ》くなるなんて、危《あぶ》ないじゃない。わたしは、ブルブルッと頭《あたま》をふって、頬《ほお》をペチペチとたたいた。

「おはよう〜。」

あれっ、だれもいない。

寝《ね》ぼけて教室《きょうしつ》、まちがえちゃった⁉

あわてて飛《と》びだした。

『六年《ねん》一組《くみ》　吉野学級《よしのがっきゅう》』

教室《きょうしつ》のプレートは、たしかにたしかにわたしの教室《きょうしつ》……。

「おはよう、あかり。」

「おはよう、ガロア。ねぇ、教室《きょうしつ》にだれもいないの、おかしいと思《おも》わない？」

「みんななら校庭《こうてい》にいたよ。吉野先生《よしのせんせい》と、鬼《おに》ごっこしてる。」

「鬼《おに》ごっこ？　六年《ねん》にもなって？　ヘンなの。ガロアは行《い》かないの？」

「うん、読《よ》みたい本《ほん》があるからね。」

ガロアがランドセルから本《ほん》を取《と》りだして、読《よ》みはじめた。

「おはよう〜。」

「おはよう。あかり。」

さつきとリョータが、バタバタと教室《きょうしつ》に駆《か》けこんできた。と、同時《どうじ》に、チャイムが鳴《な》った。

「二人《ふたり》とも、今日《きょう》は、おそかったね。寝坊《ねぼう》したの？　リョータはともかく、さつきがチャイムが鳴《な》るギリギリなんて、めずらしいね。」

「そうなの。今朝《けさ》はなんだか、眠《ねむ》くて……。これでも、必死《ひっし》で起《お》きたの。」

「オレも朝《あさ》、起《お》きられなくて。昨日《きのう》の『信《しん》じられない！　恐怖映像百連発《きょうふえいぞうひゃくれんぱつ》！』も観《み》ないで八時《じ》に寝《ね》たのに！　あかり、テレビ観《み》た？　録画《ろくが》してないか？」

「悪《わる》いけど、わたしも寝《ね》てたから、録画《ろくが》はしてないよ。」

リョータはガッカリしてる。それにしても、なんで今日《きょう》はやたらと眠《ねむ》いのだろう？

ふわぁ〜。

教室《きょうしつ》の戸《と》が開《ひら》き、みんなと、吉野先生《よしのせんせい》がはいってきた。

「起立《きりつ》！　礼《れい》！　おはようございます！」

日直《にっちょく》が号令《ごうれい》をかけて、授業《じゅぎょう》がはじまった。

「さあ、みなさん。一時間目《じかんめ》、こくごをはじめます。みなさん、今日《きょう》は、五十音《ごじゅうおん》の最後《さいご》、『ら行《ぎょう》』と『わ行《ぎょう》』のお勉強《べんきょう》です。」

吉野先生《よしのせんせい》が、黒板《こくばん》に大《おお》きく、『ら　り　る　れ　ろ　わ　を　ん』と書《か》いた。

「ウソッ！」

思《おも》わず、さけんでしまった。

「あかりさん。こまりますね〜。意見《いけん》があるときは、手《て》をあげるお約束《やくそく》ですよ。」

吉野先生《よしのせんせい》に、注意《ちゅうい》されたけど、その言《い》い方《かた》、まるで、一年生《ねんせい》あつかいだよ。わたしは、ポカンと口《くち》をあけたまま、先生《せんせい》を見《み》た。

ふざけているのではないみたい。だって、手《て》にしている教科書《きょうかしょ》、『こくご』ってひらがなで書《か》いてある。

「では、みなさん。『ら』からはじまる言葉《ことば》を考《かんが》えて、ノートに書《か》きましょう。」

みんながいっせいにノートに書《か》きはじめた。ダメだ……。頭《あたま》がくらくらする。どうして、ひらがなの勉強《べんきょう》なの？　わたしたち、六年生《ねんせい》だよ。

となりを見《み》ると、ガロアが一生懸命《いっしょうけんめい》書《か》いている！

「ちょっと、ガロアまで、どうしちゃったのよ。学年一賢《がくねんいちかしこ》いガロア、だいじょうぶ？」

先生《せんせい》に気《き》がつかれないように、小声《こごえ》で話《はな》しかけた。

「だいじょうぶ。演技《えんぎ》だよ。ぼくだって、驚《おどろ》いてるよ。事態《じたい》を観察《かんさつ》するためさ。あかりもみんなに合《あ》わせて。」

「あっ、ああ。わかった。」

見《み》ると、さつきとリョータも、うなずいてる。わたしたちは、黙々《もくもく》と「ら行《ぎょう》」と「わ行《ぎょう》」の言《こと》葉《ば》を書《か》きつづけた。

「わーい『ら』が上手《じょうず》に書《か》けた。三重丸《さんじゅうまる》もらったぞ。」

「ぼくだって、『れ』の形《かたち》がキレイだって、花丸《はなまる》もらったぞ。」

みんなうれしそうに、ノートを見《み》せあってる。言葉《ことば》を書《か》いては、教卓《きょうたく》へ行《い》き、丸《まる》をもらう。このくりかえし。

らいおん、らっきょう、らじお、らいばる、らいち、らしんばん……りんご、りす、りすざる。わたしもノートに書《か》いてるけど、はぁー。まるで修行《しゅぎょう》だよ。

勉強《べんきょう》って、簡単《かんたん》なほうがいいって、思《おも》ってた。だけど、簡単《かんたん》って、ひどく退屈《たいくつ》。

わたしたち以外《いがい》のみんなは、これが、あたりまえって顔《かお》。

どうして、こんな授業《じゅぎょう》をしているの？　先週《せんしゅう》までは、六年生《ねんせい》の勉強《べんきょう》をしてたじゃない。

いったい、なにが起《お》こってるんだろう？　わたしのクラスだけかしら？　まほろば小全部《しょうぜんぶ》かしら？　今朝《けさ》、ママとパパもおかしかった……。わたしはノートに文字《もじ》を書《か》きながら、考《かんが》えていた。

――魔法《まほう》のせい？

わたしは、なにもしていないぞ。イザベラたちのいたずら？　それともわたしの知《し》らない魔法《まほう》使《つか》いがあらわれたの？

――金曜日《きんようび》の、西円洲博士《さいえんすはかせ》の特別授業《とくべつじゅぎょう》のせい？

まさか……。「脳能力《のうのうりょく》アップ・アップ動画体験《どうがたいけん》」は、頭《あたま》がよくなる訓練《くんれん》だもの。

わたしは、考《かんが》えごとをしながら、つい、ノートに『まほう、さいえんすはかせ、のーのうりょく』って書《か》いた。

「あかりさん！　『ら行《ぎょう》』と『わ行《ぎょう》』からはじまる言葉《ことば》ですよ。」

席《せき》のあいだをまわってきた、吉野先生《よしのせんせい》に怒《おこ》られてしまった。

キーンコーン～カーンコーン～。

ようやく、チャイムが鳴《な》って、修行《しゅぎょう》のような「こくご」の時間《じかん》が終《お》わった。

「あかり、オマエ、なにかしただろう？」

授業《じゅぎょう》が終《お》わって、リョータがまっさきに、わたしに言《い》った。

「いきなりなに言《い》いだすの？　わたしだって驚《おどろ》いてるのに。」

「いままで、世界《せかい》がおかしくなるたびに、あかりのペンダントの魔法《まほう》が、原因《げんいん》だったじゃないか。」

「だったらちがうよ。わたし、このごろペンダントをつけてないもん。西円洲博士《さいえんすはかせ》の研究所《けんきゅうじょ》へ行《い》ったときだって、つけてなかったし。太陽《たいよう》のペンダント、たしかにいろいろ魔法事件《まほうじけん》にかかわっていたよ。でも、今回《こんかい》はちがうって。」

わたしはキッパリと宣言《せんげん》した。そりゃあ、前《まえ》はいろいろあった。ミカエルが「テレビ魔法《まほう》」を使《つか》ったとき、月子姫《つきこひめ》が太陽《たいよう》を隠《かく》してしまったとき、グローリア伯爵《はくしゃく》が、「しびれれれ魔法《まほう》」を使《つか》ったとき。みんな、太陽《たいよう》のペンダントの魔力《まりょく》が使《つか》われていた。でも、今回《こんかい》はちがうもの。

「そうね。ペンダントはなかったわね。だったら、どうして急《きゅう》に、おかしな授業《じゅぎょう》になってしまったのかしら？」

さつきが眉《まゆ》をひそめた。

「ペンダントがどうのってことじゃないぜ。この現実《げんじつ》！　まるで、魔法《まほう》にかかったみたいだぜ。やっぱり、あかりが……。」

リョータったら、疑《うたが》いの目《め》で、わたしを見《み》てる。

「なんでわたしが、そんなことするのさ！　うちのママだって、おバカになってるんだよ。簡単《かんたん》な引《ひ》き算《ざん》に、夫婦《ふうふ》で大騒《おおさわ》ぎしてたんだから。自分《じぶん》の両親《りょうしん》を、おバカにするわけ、ないじゃない。」

教室中《きょうしつじゅう》に、わたしの声《こえ》が響《ひび》き、一瞬《いっしゅん》しーんとなった。

リョータの言《い》い分《ぶん》に、ムカムカっときて、大声《おおごえ》で反論《はんろん》しちゃった。

クラスのみんなが、おびえた目《め》で、こっちを見《み》てる。どうしたんだろう？　これじゃまるで、一年生《ねんせい》をおどしている、不良《ふりょう》六年生《ねんせい》みたいじゃない。

「あかり。声《こえ》、大《おお》きすぎよ。……うちのパパもおかしいの。電車《でんしゃ》の乗《の》り方《かた》がわからないって、ママがいっしょに出《で》かけたの。二人《ふたり》で協力《きょうりょく》すれば、わかるからって。信《しん》じられないでしょ。」

さつきが心配《しんぱい》そうに言《い》った。

すると、いままで沈黙《ちんもく》していたガロアが、口《くち》を開《ひら》いた。

「おバカってひと口《くち》でいうけど、それぞれ『できなくなっていること』がちがうようだね。」

「なんだよ。おバカにちがいって？」

「いいかい、さつきの両親《りょうしん》は、電車《でんしゃ》の乗《の》り方《かた》、あかりのところは、計算《けいさん》。ちなみに、うちの両親《りょうしん》は、洗濯機《せんたくき》の使《つか》い方《かた》がわからなくて、朝《あさ》から議論《ぎろん》してたよ。冷静《れいせい》に考《かんが》えると、『できない』場面《ばめん》がちがうだろう？　このちがい、これからどう進《すす》んでいくのか……。」

ガロアの言葉《ことば》に、不気味《ぶきみ》な予感《よかん》を感《かん》じたとき、二時間目《じかんめ》を告《つ》げるチャイムが鳴《な》った。

「次《つぎ》は、算数《さんすう》。いったいどんな授業《じゅぎょう》かしら。」

わたしたちは、不安《ふあん》を胸《むね》に、先生《せんせい》を待《ま》った。

「さあ、みなさん、さんすうは、計算《けいさん》です。これから黒板《こくばん》に問題《もんだい》を書《か》きます。ノートに写《うつ》して考《かんが》えてね。」

先生《せんせい》は、大《おお》きな字《じ》で、『7－3＝□』、『5＋2＝□』、『8－6＝□』と書《か》いてる。

「やっぱり、簡単《かんたん》な授業《じゅぎょう》だ。国語《こくご》といい、算数《さんすう》といい、小学校入学《しょうがっこうにゅうがく》したての、一年生《ねんせい》レベルだね。」

わたしは小声《こごえ》でさつきに言《い》った。

「あかりさん、今日《きょう》はおしゃべりが多《おお》いですね。前《まえ》に出《で》て、計算《けいさん》してみましょう！」

また怒《おこ》られてしまった。わたしは前《まえ》に出《で》て、4、7、2と答《こた》えを書《か》いて、席《せき》にもどった。

吉野先生《よしのせんせい》は、まるで金《かな》しばりにあったみたいに動《うご》かない……。

「すばらしいですね！　なんとあかりさんが、全部《ぜんぶ》の答《こた》えを書《か》いてくれました。それに、ビックリしないでください。全問正解《ぜんもんせいかい》です！」

――パチパチパチ。

教室中《きょうしつじゅう》から、拍手《はくしゅ》が起《お》こった。尊敬《そんけい》のまなざしっていうの？　みんなの視線《しせん》が、熱《あつ》い！　こんなことで、ほめられるなんて……。でも、ほめられるって、悪《わる》い感《かん》じではないわね。ムフフ、こんなこと、めったにないから、みんなをもっと驚《おどろ》かしてみよう。

「あの、もう少《すこ》し、むずかしい問題《もんだい》も、できますけど。」

わたしは吉野先生《よしのせんせい》に言《い》いながら、『1000000000－100000000＝』と書《か》いた。グフフフ、クラスのみんなが、ザワザワしてる。そりゃそうでしょ。大《おお》きな数《かず》の計算《けいさん》は、四年生《ねんせい》にならないと、習《なら》わないもんね。みんなの期待《きたい》のまなざしに、こたえるように、わたしはチョークをにぎった。

『900000000』

ジャーン！　どう？　スゴイでしょ。拍手喝采《はくしゅかっさい》だね。

「あかりさん！　ふざけてはいけませんよ！　こんなに0《ゼロ》をいっぱいつけて！　100より大《おお》きな数《かず》は、『たくさん』というのですよ。しっかりおぼえておきましょうね。」

――信《しん》じられない……。そんなバカな。わたし、なんで怒《おこ》られなきゃいけないの！

答《こた》え、あってるのに！「たくさん」なんて⁉　吉野先生《よしのせんせい》、しっかりしてよ……。

なんでこんなヘンテコになっちゃったのー！　さけびたい気持《きも》ちを必死《ひっし》でおさえ、学校《がっこう》が終《お》わるのを、ひたすら待《ま》った。

8 脳能科学《のうのうかがく》は、ノー脳科学《のうかがく》!?

給食《きゅうしょく》が終《お》わり、五時間目《じかんめ》があるはずなのに、帰《かえ》りの会《かい》がはじまった。どうやら時間割《じかんわ》りも、一年生《ねんせい》と同《おな》じみたい。いつもなら、残《のこ》って校庭《こうてい》で遊《あそ》ぶところだけど、家《いえ》のことが心配《しんぱい》で、それどころじゃない。

「パパたちは、どうなってるかな?」

わたしは、ランドセルに教科書《きょうかしょ》をつめながらつぶやいた。

「わたしもママが心配《しんぱい》だわ。」

さつきの顔《かお》がくもった。

「うん。この状態《じょうたい》がどこまで進《すす》んでいるのか、見当《けんとう》もつかないよ。街《まち》の様子《ようす》が、気《き》になるね。なにが起《お》きるかわからないし、気《き》をつけて帰《かえ》ろう。」

ガロアが、真剣《しんけん》な顔《かお》で言《い》った。わたしたちは、街《まち》を観察《かんさつ》しながら歩《ある》いた。

——商店街《しょうてんがい》の店《みせ》、道路《どうろ》を走《はし》る車《くるま》、道行《みちゆ》く人々《ひとびと》……。どこにも変《か》わった様子《ようす》は、見《み》あたらない。

「ねえ、もしかして、パパたち、もとにもどっているかもしれないね。」

わたしたちは期待《きたい》して、交差点《こうさてん》で別《わか》れ、それぞれの家《いえ》へ帰《かえ》った。

「ただいま！」

元気《げんき》にお店《みせ》のドアをあけた。

「お帰《かえ》りなさい。あかりちゃん。」

アルバイトのラウラさんが、迎《むか》えてくれた。ラウラさんってね、イタリアから勉強《べんきょう》にきている留学生《りゅうがくせい》。だから日本語《にほんご》は話《はな》せるんだよ。ちょっとヘンだけど。わたしはじーっと、ラウラさんを見《み》つめた。

「十引《ひ》く三は、なーんだ？」

「七ですわ。いきなり算数《さんすう》の問題《もんだい》なんて、どうしましたか？」

「ううん、なんでもない。」

ラウラさんは、だいじょうぶ。おバカになっていない。だったらパパたちも、もとにもどっているかもしれない。わたしは、たしかめたくて、パパをさがした。あれれ？

「ラウラさん、パパとママは、どこかへ出《で》かけたの？」

パパとママがいっしょに仕事《しごと》で出《で》かけること、よくあるけど、いつも予定《よてい》は教《おし》えてくれる。だけど、今日《きょう》はきいていないもんね。

「はい、急《きゅう》にお出《で》かけになったんです。超有名《ちょうゆうめい》な科学者《かがくしゃ》の講演会《こうえんかい》へ、アタルくんと三人《にん》で。テレビの公開生放送《こうかいなまほうそう》とか……。」

わたしはビックリした。だって、わたしをおいて、三人《にん》で出《で》かけるなんて。

「それ、西円洲博士《さいえんすはかせ》って人《ひと》？」

「はい、『毎日《まいにち》が脳能科学《のうのうかがく》』って番組《ばんぐみ》だとか。これがポストにはいっていたそうです。超有名《ちょうゆうめい》でも、残念《ざんねん》ながら、わたくし存《ぞん》じませんけど……。」

ラウラさんが、スーパーのチラシみたいな紙《かみ》を、わたしてくれた。

『まいにちが　のうのうかがく　こうかい　なまほうそう　まほろばし　ぶんかかいかん　でにじより　おこないます。』

たったこれだけ。わたしはとても危険《きけん》な予感《よかん》がした。

「あかり、たいへん！」

お店《みせ》にバタバタとさつきがはいってきた。いつもなら、行儀《ぎょうぎ》よく、あいさつするのに。こんなこと、はじめてだ。

「これ見《み》て！」

と、短《みじか》く言《い》って、一枚《まい》の紙《かみ》をわたしに見《み》せた。

「『まいにちが　のうのうかがく』！　……同《おな》じだよ。うちにも、このチラシがあるよ！」

わたしたちは、顔《かお》を見《み》あわせた。すると、

「あかり、チラシ、見《み》た？　西円洲《さいえんす》博士《はかせ》の公開生放送《こうかいなまほうそう》だぞ！」

リョータとガロアも、お店《みせ》にはいってきた。時計《とけい》を見《み》たら、もう二時《じ》。わたしたちは、あわててリビングへ行《い》き、テレビをつけた。

「世界《せかい》の頭脳《ずのう》　西円洲《さいえんす》です！　わたしの脳《のう》は、宇宙《うちゅう》より広《ひろ》い！　さあ、みなさん！」

うわっ、なんてタイミング？　画面《がめん》はいきなり博士《はかせ》のアップだ。

「博士《はかせ》の脳《のう》は、宇宙《うちゅう》より、広《ひろ》ーい！」

会場《かいじょう》が大合唱《だいがっしょう》してる。カメラは客席《きゃくせき》を映《うつ》した。たくさんの人《ひと》にまざってパパ、ママ、アタル、さつきのママが映《うつ》っていた。

わたしたちは、なにも言《い》えず、画面《がめん》に釘《くぎ》づけになった。

「『毎日《まいにち》が脳能科学《のうのうかがく》』、今日《きょう》は、まほろば市文化会館《しぶんかかいかん》から、公開生放送《こうかいなまほうそう》でお送《おく》りしています。ここは、博士《はかせ》の研究所《けんきゅうじょ》があるすばらしい町《まち》です。それでは、本日《ほんじつ》のテーマ『脳《のう》のムダづかい』についてです。西円洲博士《さいえんすはかせ》、お願《ねが》いします！」

司会《しかい》のお姉《ねえ》さんが、博士《はかせ》を呼《よ》んでる。

ステージのそでから、西円洲博士《さいえんすはかせ》が現《あらわ》れた。

今日《きょう》のカラー白衣《はくい》は、赤《あか》。観客《かんきゃく》を興奮《こうふん》させるつもりなのね。

「みなさん。日常《にちじょう》のムダづかい、なんだと思《おも》いますか？」

博士《はかせ》が楽《たの》しそうに、質問《しつもん》した。

「水《みず》を出《だ》したまま、歯《は》をみがく。」

「昼間《ひるま》に部屋《へや》の電灯《でんとう》をつける。」

「野菜《やさい》を買《か》いだめして、くさらせる。」

「そうですね。このムダは、どうすればなくなるか、わかりますか？」

博士《はかせ》はステージの前方《ぜんぽう》へ進《すす》み出《で》ると、会場《かいじょう》にむかってきいた。

会場《かいじょう》は、しーんとしている。

「水《みず》が水道《すいどう》から出《で》なかったら、ムダに流《なが》れませんね。電灯《でんとう》もなかったら、つけっぱなしにならず、野菜《やさい》も買《か》えなければ、くさりません！　これは、脳《のう》にも言《い》えることです。」

「では、どうしたら、いいのですか？」

会場《かいじょう》から、声《こえ》がした。——パパの声《こえ》だ。

「脳《のう》を上手《じょうず》につかえない人《ひと》が持《も》っていると、いいことはありません。わたしに、脳《のう》を預《あず》ければいいのです。そうすれば、なんの心配《しんぱい》もなくなります！」

西円洲博士《さいえんすはかせ》が、ニカッと笑《わら》った。

「預《あず》けます！」

「わたしもお願《ねが》いします！」

みんなこぞって手《て》をあげている。あまりの光景《こうけい》に、わたしはたえられず、テレビのスイッチを切《き》った。

脳《のう》を預《あず》けるって？

わたしたちは、不安《ふあん》で顔《かお》を見《み》あわせた。西円洲博士《さいえんすはかせ》の不気味《ぶきみ》な微笑《ほほえ》みが、頭《あたま》からはなれない……。世界《せかい》が、確実《かくじつ》におかしくなっている！

「脳能科学《のうのうかがく》は、みんなをおバカにしていたんだ。」

ガロアが口《くち》を開《ひら》いた。

「……西円洲博士《さいえんすはかせ》が、みんなをおバカにするなんて。」

さつきが声《こえ》を震《ふる》わせた。

「西円洲《さいえんす》博士《はかせ》の脳能《のうのう》科学《かがく》は、脳《のう》をよくするんだよ。おバカにするなんて……。」

「なに言《い》ってるんだよ。このテレビ観《み》て、よくそんなこと言《い》えるな！　博士《はかせ》が、みんなをおバカに導《みちび》いてるじゃないか！」

リョータがさけんだ。

「ごめん……。でも、信《しん》じたくなくて……。」

「あかりの、国語《こくご》のノートを見《み》たときに、なにかを感《かん》じたんだ。そのときは、気《き》がつかなかったけど。いま、テレビに映《うつ》るみんなの姿《すがた》を見《み》て、確信《かくしん》したんだ。」

「えーっ？　国語《こくご》って、『ら行《ぎょう》』と『わ行《ぎょう》』の勉強《べんきょう》をしただけでしょ？」

「みんなはね。あかりは、ちょっとちがうよ。ノート、見《み》せて。」

「ノート？　……あっ、ランドセル、お店《みせ》に置《お》いたままだったわ。」

わたしたちは、お店《みせ》にもどった。

お客《きゃく》さんがいない、静《しず》かな店内《てんない》で、ラウラさんが、一人《ひとり》、本《ほん》を読《よ》んでいる。

「わたしのノートでなにがわかるの？」

そう言《い》いながら、わたしはランドセルから、国語《こくご》のノートを出《だ》した。

……らっきょう、らじお……りす……まほう、さいえんすはかせ、のーのうりょく……。

「この、やる気《き》のない、下手《へた》な字《じ》で、なにがわかるんだ？　しかも途中《とちゅう》から、『ら行《ぎょう》』でも、『わ行《ぎょう》』でもないし。」

リョータがあきれてる。まぁ、たしかに、やる気《き》ない字《じ》だけど。

これで、なにを感《かん》じたのかしら。わたしはじっと見《み》たけど、なにも思《おも》いつかない。

「ここだよ。」

ガロアが指《ゆび》さしたのは、『のーのうりょく』ってところ。

うーん、なんだろう。わたしは、ノートを見《み》つめた。

「『ノー脳《のう》』としたら、どう？　『脳《のう》の能力《のうりょく》を高《たか》める』じゃなくて、『脳《のう》をノー』、つまり、みんなの脳能力《のうのうりょく》をうばい、脳《のう》をなくしてしまう力《ちから》、『ノー脳力《のうりょく》』……。」

「そんな！　『脳《のう》がノー』だなんて！　西円洲博士《さいえんすはかせ》は、みんなをノー脳状態《のうじょうたい》にして、なにをしようとしているの!?」

「人々《ひとびと》をノー脳状態《のうじょうたい》にする目的《もくてき》は、ただ一つ。世界《せかい》を支配《しはい》すること――。人々《ひとびと》の脳《のう》を支配《しはい》すれば、政治力《せいじりょく》、人望《じんぼう》、資金《しきん》……なにもなくても、それは可能《かのう》だからね。よく考《かんが》えたよな。」

わたしは、心臓《しんぞう》がドキドキして、口《くち》のなかがカラカラになってきた。

「ガロア……過激《かげき》すぎるよ。そんなおそろしいこと……。」

「『脳能力《のうのうりょく》アップ・アップ動画体験《どうがたいけん》』、楽《たの》しかったのに。『バーチャル・脳内宝探《のうないたからさが》し』、ワクワクしたのに。」

さつきは、みんなの顔《かお》を見《み》まわして言《い》った。

そうだよ。わたしだって、信《しん》じられない。ううん、信《しん》じたくない。魔法《まほう》の才能《さいのう》を認《みと》めてくれた博士《はかせ》が、人《ひと》を支配《しはい》するために、脳能科学《のうのうかがく》を研究《けんきゅう》してたなんて。

わたしたちは、ガロアの大胆《だいたん》な推理《すいり》をなかなか受《う》け入《い》れることができない。

「脳能科学《のうのうかがく》は、人々《ひとびと》から脳能力《のうのうりょく》を集《あつ》める手段《しゅだん》ってことか？」

リョータが、信《しん》じられないって顔《かお》をしてる。

「ああ、そう考《かんが》えると、説明《せつめい》がつくよ。たとえば、日本中《にほんじゅう》には、たくさんのパーソナル・コンピュータがあるだろう。それらの使《つか》われていない容量《ようりょう》を、すべてつなげると、スーパー・コンピュータ何台分《なんだいぶん》もの仕事《しごと》ができるんだ。それと理屈《りくつ》は同《おな》じさ。たくさんの人《ひと》の、『脳《のう》』を集《あつ》め、連結《れんけつ》して使《つか》ったら、どれほどのパワーを発揮《はっき》するだろう？」

「まさに『脳《のう》は、宇宙《うちゅう》より広《ひろ》い！』ね……。」

さつきがみんなを見《み》まわして言《い》った。

なんてことだろう――。あまりのおそろしさに、言葉《ことば》が出《で》ない。

「でも、コンピュータと、人間《にんげん》の脳《のう》はちがうよ。だいいち、博士《はかせ》はどうやって、たくさんの人《ひと》の脳能力《のうのうりょく》を集《あつ》めるの？　そんなこと、できるわけないでしょ！」

いくらなんでも、こんな話《はなし》、信《しん》じることはできないよ。すると……。

「魔法《まほう》の力《ちから》だったら、できるのではないでしょうか。」

本《ほん》を読《よ》んでいた、ラウラさんが、ポツリと言《い》った。

「えっ、ラウラさん。いま、なんて言《い》ったの？」

「魔法《まほう》の力《ちから》を使《つか》えば、できる。と、言《い》ったのですよ。」

わたしは、ドールハウスにかけてある、太陽《たいよう》のペンダントを手《て》に取《と》った。

「でも、わたし、博士《はかせ》の研究所《けんきゅうじょ》へペンダントを持《も》っていってないよ。ラウラさんも見《み》たでしょ？

ここにずっと置《お》いてあるの。」

「あかりちゃんと、太陽《たいよう》のペンダントの魔法《まほう》ではありませんよ。」

「えっ？　だったらだれ？　イザベラ？　ミカエル？」

ラウラさんは、わたしの質問《しつもん》に答《こた》えず、だまって、なにかをさしだした。

それは手《て》のひらにすっぽりとおさまる小《ちい》さな絵《え》。

──グローリア伯爵《はくしゃく》、イザベラ、ミカエル、月子姫《つきこひめ》、アンジェラ、マリア、ルシファーがすまして正面《しょうめん》を見《み》ている。

「イザベラ一家《いっか》の肖像画《しょうぞうが》……。グローリア伯爵《はくしゃく》の部屋《へや》にあった絵《え》と、同《おな》じものが、ドールハウスにもあったんだ」

「昨日図書室《きのうとしょしつ》を調《しら》べて見《み》つけました。ここをよく、見《み》てください。」

そう言《い》って、ルーペをわたした。わたしは、ルーペを手《て》に、注意深《ちゅういぶか》く絵《え》を観察《かんさつ》した。

「ああっ！　白《しろ》っぽい、シミが出《で》ているね。」

月子姫《つきこひめ》とミカエルのあいだに、白《しろ》くぼやけたものが、出《で》ている……。

「ねえ、これ、人《ひと》の形《かたち》に見《み》えるわ。まさか、霊《れい》？」

「霊《れい》なんて、こわいこと言《い》わないでよ、さつき。」

わたしは、もう一度《いちど》ルーペをあてた。

「ホント、たしかに白《しろ》い人《ひと》のような影《かげ》が。しかもさっきよりはっきりしてる。ほら、リョータ、見《み》て！」

こわいもの好《ず》きのこわがりリョータが、ガロアといっしょにのぞきこんだ。

「ホントだぁ～。たしかに人《ひと》だ。ガロア、この影《かげ》、生《い》きてるみたい。だんだん浮《う》かびあがってきてる……。」

リョータったら、ガロアの腕《うで》にしがみついてる。

「たしかに、人《ひと》のシルエットに見《み》えるね。で、ラウラさん、この絵《え》と博士《はかせ》が、どう結《むす》びつくのですか？」

ガロアがラウラさんに、向《む》きなおってきいた。

「はい。まだ、わたしの憶測《おくそく》ですけど……。その絵《え》の説明《せつめい》する前《まえ》に、ちょっときいてください。『魔法大全《まほうたいぜん》』という本《ほん》の、魔法薬《まほうやく》の章《しょう》です。」

ラウラさんは、ドールハウスの図書室《としょしつ》の本《ほん》を、器用《きよう》にめくった。

「『魔法薬《まほうやく》、百年《ねん》みみずの粉末《ふんまつ》——魔法集中力《まほうしゅうちゅうりょく》が増《ま》し、呪文《じゅもん》の効《き》きが増大《ぞうだい》する。ただし、一度《いちど》に多量摂取《たりょうせっしゅ》すると、すべてを忘《わす》れてしまう。』……あかりちゃん、これ、知《し》ってますよね？」

ラウラさんは、わたしを見《み》てる。

「これこれ！　知《し》ってるもなにも、この前《まえ》の金曜日《きんようび》、イザベラったら、わたしをだましてひと瓶《びん》食《た》べさせようとしたんだよ。ヒドイ魔法使《まほうつか》いだよね。」

わたしはイザベラのたくらみを、思《おも》いだした。

そもそもイザベラって、めっちゃ性格《せいかく》の悪《わる》い魔女《まじょ》。魔法《まほう》で世界《せかい》を、思《おも》いどおりにしようとして、人形《にんぎょう》にされたんだもんね。

「わたしが今朝《けさ》見《み》たときは、肖像画《しょうぞうが》に白《しろ》い影《かげ》はありませんでしたわ。しかも、この影《かげ》、どんどん鮮明《せんめい》になってます。きっと、もう少《すこ》したてば、はっきりと姿《すがた》が出《で》てきますね。イザベラさん、この絵《え》の仕組《しく》み、教《おし》えてください。」

「――――」

イザベラったら、だまったまま。なにもしゃべらない。

「わかりました。教《おし》えたくないのですね。では、わたしの話《はなし》をきいてください。『魔法生活《まほうせいかつ》の掟《おきて》』、この本《ほん》はとても興味深《きょうみぶか》いです。読《よ》んでいますと、いろいろな推理《すいり》が働《はたら》きますもの。」

そう言《い》いながら、小《ちい》さな本《ほん》を見《み》せてくれた。イタリア語《ご》だから、わからないけど。

「ああ、ここです……『――魔女《まじょ》、魔法使《まほうつか》いにとって、家系《かけい》はなにより大切《たいせつ》である。万《まん》が一《いち》、家《か》系内《けいない》に魔力《まりょく》を失《うしな》った者《もの》が出《で》た場合《ばあい》、家《いえ》の名誉《めいよ》のために存在《そんざい》を消《け》さねばならない――。』と、あります。この肖像画《しょうぞうが》、だれかが消《き》えているのではありませんか？」

ラウラさんが、イザベラを見《み》た。

でも、だまったまま。なにも答《こた》えない。

「そうか……わかったよ。ラウラさんは、この白《しろ》い影《かげ》が、魔力《まりょく》を『失《うしな》った者《もの》』と、考《かんが》えたのね。」

「そうです。いま、この白《しろ》い影《かげ》は、どんどんはっきりしてきてます。つまり、『魔力《まりょく》を失《うしな》った者《もの》』の魔力《まりょく》が、『復活《ふっかつ》しつつある』ってことじゃありませんか？」

ラウラさんの大胆《だいたん》な推理《すいり》に、みんなビックリしてる。

絵《え》のなかで、そんな動《うご》きがあるの！

わたしはビビッときた。

「あーっ！　思《おも》いだした。アンジェラが言《い》ってた。『忘《わす》れ魔法《まほう》』で魔法《まほう》を忘《わす》れてしまったマヌケな一族《いちぞく》がいるって！」

「ってことは、この白《しろ》い影《かげ》、そのマヌケな人《ひと》の影《かげ》なんだ。」

リョータが肖像画《しょうぞうが》を見《み》ながら言《い》った。

「なるほど！　そのマヌケさんの魔力《まりょく》が、復活《ふっかつ》しつつあるから、絵《え》も復活《ふっかつ》しているのね。」

そう言《い》っているあいだにも、絵《え》はみるみる鮮明《せんめい》になっていく……。あーっ、あああっ！

「こ、この人《ひと》は……。」

「西円洲博士《さいえんすはかせ》！」

わたしたちは驚《おどろ》きすぎて、それ以上言葉《いじょうことば》にならない。

「やはり、西円洲博士《さいえんすはかせ》は、魔法使《まほうつか》いでしたね。」

ラウラさんが言《い》った。

「そうだよ、わが一族《いちぞく》、ミカエルの弟《おとうと》、ガブリエルだよ。」

イザベラが、ため息《いき》まじりで言《い》った。

「西円洲博士《さいえんすはかせ》でしょ？　ガブリエルってだれ？」

「魔法《まほう》を、忘《わす》れる前《まえ》の名《な》は、ガブリエルだよ。この子《こ》もミカエル同様《どうよう》、魔法《まほう》のキレが悪《わる》くてね。魔法《まほう》オンチさ。ミカエルは能天気《のうてんき》だから、気《き》にせず、人間界《にんげんかい》へ行《い》ったが、この子《こ》は悩《なや》んでたんだね。ある日《ひ》こっそり、百年《ねん》みみずの粉《こな》を食《た》べたのさ。ひと瓶《びん》まるごと！」

「こうしてガブリエルが、絵《え》に甦《よみがえ》ったということは、立派《りっぱ》に魔法《まほう》が使《つか》えるようになったんだね。よかった、よかった。」

グローリア伯爵《はくしゃく》は、喜《よろこ》んでいる。だけど、それは、西円洲博士《さいえんすはかせ》が、魔法《まほう》を使《つか》っている……ってことだよね？

「つまり、ノー脳状態《のうじょうたい》の世界《せかい》は、西円洲博士《さいえんすはかせ》の魔法《まほう》のせいなんだ！」

「また魔法使《まほうつか》いがふえたなんて……。これで何人《なんにん》だ？」

リョータがため息《いき》をついた。

「ねえ、そうしたら、博士《はかせ》の魔法《まほう》が甦《よみがえ》った、きっかけ、なんだろう?」

素朴《そぼく》な疑問《ぎもん》が、こころに浮《う》かんだ。

「そうね。『忘《わす》れ魔法《まほう》』が解《と》けるほどの、衝撃《しょうげき》があったのではないでしょうか?」

ラウラさんがわたしたちにむかって言《い》った。

——衝撃《しょうげき》……!?

わたしたちは、顔《かお》を見《み》あわせた。

「それは、オマエだよっ!」

いきなりイザベラがさけんだ。わたしの心臓《しんぞう》がギュッとなった。

「わたし? なんで?」

「そうだね……。この子《こ》が原因《げんいん》だ。この子《こ》のおかげで、わが息子《むすこ》は、甦《よみがえ》ったのだ。」

グローリア伯爵《はくしゃく》が、しみじみと言《い》った。

「しみじみしないでよ! わたし、なんにもしてないって!」

わたしの頭《あたま》は、パニックを起《お》こしそう。

「お嬢《じょう》さん、弟《おとうと》にかわって、お礼《れい》を言《い》おう……ありがとう。」

ミカエルが、マジメな顔《かお》で言《い》った。

「ガブリエルおじさん、復活《ふっかつ》おめでとう！」

ルシファーとアンジェラ、マリアが声《こえ》をそろえた。

「もう！　わたしが、なにをしたと言《い》うのよ⁉」

みんなで、なにを言《い》いだすの？　思《おも》わずドールハウスにむかって、さけんだ。

「ククク、オマエの『魔法《まほう》の才能《さいのう》』、それがガブリエルおじさんを、助《たす》けたんだよ！」

「えっ……？　わたしの魔法《まほう》の才能《さいのう》って、いつ？　どこで？」

「研究所《けんきゅうじょ》、つまりおじさんのところで、脳《のう》を調《しら》べたときさ。」

ルシファーの言葉《ことば》は、刃物《はもの》のようにわたしのこころに突《つ》き刺《さ》さった。

太陽《たいよう》のペンダント、つけていなかったのに。魔法《まほう》の才能《さいのう》の証拠《しょうこ》が、ほしかっただけなのに――。

わたしは、まるでぬけがらのよう。その場《ば》にじっと立《た》ちつくした。


だれも口《くち》を開《ひら》かないまま、時間《じかん》がすぎていった。


「ただいま～。」

玄関《げんかん》から、アタルの声《こえ》がした。パパたちが、帰《かえ》ってきた。

「お帰《かえ》りなさい……。」

わたしは、声《こえ》をしぼりだした。

「ただいま、ラウラさん店番《みせばん》ありがとう。やあ、みなさん。いらっしゃい！」

パパがそう言《い》いながら、お店《みせ》にはいってきた。

「おじゃましてます。」

ふと、パパを見《み》ると……。

「どうしたの？　その荷物《にもつ》？」

三人《にん》とも、まるで冬山登山《ふゆやまとざん》にでも行《い》くみたい。大《おお》きなリュックを背負《せお》って、立《た》っている。

「西円洲博士《さいえんすはかせ》から、とても生活《せいかつ》に役立《やくだ》つものをいただいたんだよ。」

「ホント、すばらしい天才脳能科学者《てんさいのうのうかがくしゃ》ね。」

「おねえちゃんの分《ぶん》も、ちゃんともらってきたからね。」

パパたちは、口々《くちぐち》に言《い》い、とっても機嫌《きげん》がいい。

「おばさん、どんなものか、見《み》せてください。」

さつきが、ママに言《い》った。

「いいわよ。まず最初《さいしょ》は、これ！　とーっても便利《べんり》なの！　まるで魔法《まほう》のようよ。」

ママは、子《こ》どもみたい。得意《とくい》げに、リュックから四角《しかく》いものを取《と》りだし、さつきに手渡《てわた》した。

「——電卓《でんたく》よね。」

「うん、しかも、古《ふる》いタイプ。」

「なにか細工《さいく》してあるとか？」

わたしたちは、古《ふる》い電卓《でんたく》をしげしげと見《み》つめた。

するとママは、

「ふふふ。使《つか》い方《かた》を教《おし》えてあげるわ。この数字《すうじ》のボタンを押《お》します。たとえば、『2』。ほら！この小《ちい》さな窓《まど》に、『2』って出《で》るでしょ？　そしてここからが問題《もんだい》よ。合《あ》わせた数《かず》を知《し》りたかったら、『＋《プラス》』の記号《きごう》、数《かず》の差《さ》を知《し》りたかったら、『－《マイナス》』の記号《きごう》を押《お》すの。最後《さいご》に『＝《イコール》』。さつきちゃん、なにが知《し》りたい？」

「はい、じゃあ、二に五を合《あ》わせると、いくつでしょう？」

さつきの質問《しつもん》に、ママはうれしそうに、電卓《でんたく》を押《お》している。

「2＋5＝7！　答《こた》えは七よ。すばらしいでしょ。」

「ママ、これで朝食《ちょうしょく》のトーストがすばやく用意《ようい》できるね！」

パパが満足《まんぞく》そうに微笑《ほほえ》んでる。

「次《つぎ》もスゴイぞ。便利《べんり》なお金《かね》だ。」

そう言《い》いながら、今度《こんど》はパパがリュックをあけ、重《おも》そうな布《ぬの》の袋《ふくろ》をテーブルの上《うえ》へ置《お》いた。

「一円硬貨《えんこうか》が、こんなにたくさん！　どうだい、これだけあれば買《か》い物《もの》も便利《べんり》だね。」

「あの、パパ。お財布《さいふ》に、紙《かみ》のお金《かね》があったでしょ？　あれはどうしたの？」

わたしは、なるべくさりげなくきいてみた。

「ああ！　あれを入《い》れたの、あかりかい？　0《ゼロ》がたくさんついたオモチャの紙《かみ》なんて入《い》れて！　じゃまだから、博士《はかせ》のところへ置《お》いてきたよ。」

ええっ？　千円《えん》とか、五千円《えん》とか、一万円《まんえん》とか、すべて？　おバカにも、ほどがあるよ。もう、あきれて口《くち》がきけない。

「まずいな……。博士《はかせ》がお金《かね》まで操作《そうさ》するなんて。」

ガロアが唇《くちびる》をかんだ。

ホント、お札《さつ》を巻《ま》きあげ、一円玉《えんだま》を配《くば》るなんて、ヒドイわね！

「パパ、捨《す》てるなら、家《いえ》で捨《す》ててよね。ひろうから。」

「あかり、ノンキなこと言《い》ってる場合《ばあい》じゃないよ。博士《はかせ》の世界支配《せかいしはい》が、着実《ちゃくじつ》に進《すす》んでいるんだよ。」

ガロアが真顔《まがお》で言《い》った。

「経済《けいざい》は国家《こっか》の要《かなめ》だよ。みんなをおバカにして、一円玉《えんだま》を持《も》たせて満足《まんぞく》させている。そのすきに、株式市場《かぶしきしじょう》、金相場《きんそうば》、すべてを一人《ひとり》でにぎるつもりだとしたら？」

「博士《はかせ》ひとりが、大金持《おおがねも》ちだよ！」

「そうさ。お金《かね》どころか会社《かいしゃ》、病院《びょういん》、テレビ局《きょく》、すべて博士《はかせ》の支配《しはい》を受《う》けるようになるね。死《し》ぬまでだれも逆《さか》らえなくなるよ。」

頭《あたま》が、ズキズキしてきた。心臓《しんぞう》がバクバクいってる。もう、言葉《ことば》にならない。

わたしたちは、ただ、その場《ば》に立《た》ちつくしていた。

「そうそう、忘《わす》れてた！　これがいちばん大切《たいせつ》なんだ。」

パパが大声《おおごえ》を出《だ》して、大事《だいじ》そうに小《ちい》さな手帳《てちょう》みたいなものを取《と》りだした。

今度《こんど》は、なに？　疲《つか》れはてて、無言《むごん》でパパの手《て》もとを見《み》た。

「銀行《ぎんこう》の通帳《つうちょう》じゃない。」

「『よのうしょうめいしょ』だよ。脳《のう》を西円洲博士《さいえんすはかせ》へお預《あず》けすると、かわりにいただけるのさ。」

一見《いっけん》、銀行《ぎんこう》の通帳《つうちょう》に見《み》えるけど、たしかに『預脳証明書《よのうしょうめいしょ》』って書《か》いてある。

「ちょっと待《ま》ってよ。パパ、脳《のう》を預《あず》けてきたってこと？」

「そうだよ。脳《のう》は、人間《にんげん》にとって大切《たいせつ》なものだろ。でも上手《じょうず》に使《つか》いこなすのは、むずかしいからね。だから博士《はかせ》に預《あず》けておくんだよ。すると、効率《こうりつ》よく使《つか》ってくださるからね。なにも心配《しんぱい》しなくて、のんびり暮《く》らせるよ。」

純粋《じゅんすい》な目《め》でパパが話《はな》してる。

「脳《のう》を博士《はかせ》に預《あず》けるって！」

「そうだよ。あかりも、預脳《よのう》しないとね。『よのうもうしこみしょ』をいただいてきたからね。さあ、ここに名前《なまえ》を書《か》いて、ちゃんと博士《はかせ》に提出《ていしゅつ》しなさい。みんなも家《いえ》に帰《かえ》ったら、おうちの人《ひと》に申《もう》しこんでもらうといいよ。」

パパが熱心《ねっしん》に勧《すす》めてる。わたしたちは、返事《へんじ》ができない。

「――――」

「……ふわぁっ……。なんだか、眠《ねむ》くなってきたぞ。預脳《よのう》したわたしの脳《のう》を、西円洲《さいえんす》博士《はかせ》が、運用《うんよう》をはじめたのかな？」

「そうね、パパ。しっかり運用《うんよう》してもらうために、休《やす》みましょう……。」

「うん、ぼくも！　おねえちゃんたち、しっかり申《もう》しこんでね……。」

パパたちは、そう言《い》うと、お店《みせ》を出《で》ていった。

わたしは、じっと書類《しょるい》を見《み》つめた。

ガロアの推理《すいり》どおり、博士《はかせ》が脳《のう》を集《あつ》めているんだ……。

「ねえ、日本《にほん》、世界《せかい》は、どうなってるのかしら？　テレビを観《み》てみない？」

わたしたちは、リビングへ行《い》き、テレビをつけた。

「テレビ、こわれたかしら？」

だっておかしいの。空《から》っぽのテレビスタジオが映《うつ》っているだけ。よーく耳《みみ》をすますと、ザワザワした声《こえ》がきこえる。

「おーい、だれか、漢字読《かんじよ》める人《ひと》、連《つ》れてこい！」

わたしたちは、顔《かお》を見《み》あわせた。漢字《かんじ》が読《よ》めないの？　テレビ局《きょく》はバタバタしてる。これも、博士《はかせ》が脳能力《のうのうりょく》を集《あつ》めているせい？

そして、ようやく画面《がめん》に人《ひと》が映《うつ》った。

「それでは、ニュースを読《よ》みます。わたしは漢字《かんじ》が読《よ》めます！　政府《せいふ》は、午後《ごご》の閣議《かくぎ》で、危険防止《きけんぼうし》のため、自動車《じどうしゃ》、電車《でんしゃ》、バス、飛行機《ひこうき》などのすべての運転《うんてん》を禁止《きんし》する決定《けってい》をしました。それでは、街《まち》の声《こえ》をおききください。」

ニュースキャスターから、街頭《がいとう》インタビューに映像《えいぞう》が変《か》わった。

呼《よ》びとめられて、男性《だんせい》がふりむく。

「あっ、パパだわ！」

さつきが、指《ゆび》さした。

「はい。政府《せいふ》の決定《けってい》は、いいことです。電車《でんしゃ》の乗《の》りかえは、複雑《ふくざつ》で理解《りかい》できません。いまも迷《まよ》っているところなんです……。」

泣《な》きそうな顔《かお》で、答《こた》えている。そばでは、さつきのママが真剣《しんけん》にうなずいてる。

「パパたち、まるで小《ちい》さな子《こ》どもみたい……。」

さつきが、呆然《ぼうぜん》とテレビを見《み》ている。

「こんなことって、こんなことって、いいわけない！」

わたしは、立《た》ちあがった。

「わたし、行《い》かなくちゃ！　行《い》って、なんとかしなくっちゃ！」

「うん、手《て》おくれになる前《まえ》にね。」

みんながつづいた。

「いっしょに来《き》てくれるの？」

「みんなで行《い》くに決《き》まってるでしょ！」

さつきがニコッとした。さつき……。

「あの、みんなごめんなさい……。またわたしのせいで、世界《せかい》がノー脳状態《のうじょうたい》になってしまって。今回《こんかい》の事件《じけん》は、いままでより危険《きけん》だと思《おも》う。解決方法《かいけつほうほう》、わからないし……。」

「あかりまで、ノー脳状態《のうじょうたい》になったのか？」

「おれたちがついてるから、だいじょうぶに決《き》まってるじゃないか！」

ありがとう、ガロア、リョータ。

世界《せかい》を絶対《ぜったい》もとにもどしてみせる！　こころから、そう思《おも》った。

家《いえ》を出《で》ようとしたとき、ラウラさんが、わたしを呼《よ》びとめた。

「あかりちゃん、西円洲博士《さいえんすはかせ》のところへ、行《い》くのですね。これを、持《も》っていってください。」

そう言《い》いながら、太陽《たいよう》のペンダントをわたしてくれた。

「えっ？　ラウラさん、今日《きょう》はいらないよ。だって……。」

ラウラさんは、ゆっくりと首《くび》をふって、言葉《ことば》をつづけた。

「わたしだと思《おも》って、持《も》っていてください。」

わたしたち四人《にん》は、顔《かお》を見《み》あわせた。

「うん、わかった。きっとパパたちの、脳《のう》を取《と》りかえしてくるよ。」

そう宣言《せんげん》して、自転車《じてんしゃ》をこぎだした。

9 ノー脳科学《のうかがく》になんか、負《ま》けないぞ！

わたしたちは、夢中《むちゅう》でペダルをこいだ。目的地《もくてきち》は、もちろん西円洲脳能科学研究所《さいえんすのうのうかがくけんきゅうじょ》。一分《ぷん》でも、一秒《びょう》でも早《はや》く、パパたち、世界中《せかいじゅう》の人々《ひとびと》からうばった、脳能力《のうのうりょく》を取《と》りかえす！　こころに誓《ちか》い、覚悟《かくご》を決《き》めて、ただひたすら走《はし》った。

きつね池《いけ》が見《み》えてきた。

「あかり、研究所《けんきゅうじょ》の門《もん》があいている！　罠《わな》じゃないか？」

先頭《せんとう》を走《はし》っていたリョータが、ふりむいてさけんだ。

あけはなたれた門《もん》は、わたしたちを吸《す》いこもうと、待《ま》ちかまえている大《おお》きな口《くち》のようだ。

「上等《じょうとう》じゃない！　入《い》り口《ぐち》まで、つき進《すす》もう！」

門《もん》を走《はし》りぬけ、遊歩道《ゆうほどう》を飛《と》ばし、研究所《けんきゅうじょ》の入《い》り口《ぐち》まで一気《いっき》に走《はし》り、自転車《じてんしゃ》をおりた。

「……なかに、はいるよ……。」

自転車《じてんしゃ》をおりて、みだれた息《いき》を整《ととの》えながら、みんなの顔《かお》を見《み》つめた。さつき、ガロア、リョータも、肩《かた》で息《いき》をしながら、うなずいた。

研究所《けんきゅうじょ》のなかは、だれもいない。ケータイのカメラにシール貼《は》るほど、警備《けいび》にうるさかったのに。門《もん》はあいてるし、人《ひと》はいないし……。

「受付《うけつけ》のお姉《ねえ》さん、研究員《けんきゅういん》の人《ひと》、みんなどこにいるのかしら。」

さつきが不安《ふあん》そうにつぶやいた。

「様子《ようす》がまるでちがう。みんな油断《ゆだん》しないで行《い》こう。」

ガロアの言葉《ことば》にうなずき、わたしたちは、廊下《ろうか》を進《すす》みだした。

「たしか、こっちに曲《ま》がると、博士《はかせ》の部屋《へや》だったと思《おも》う……。」

わたしたち四人《にん》、注意《ちゅうい》しながら、歩《ある》きだした。

ポリポリポリ……ポリポリ……。

奇妙《きみょう》な音《おと》が、きこえてきた。

「なにかきこえない？　ポリポリって。」

「えっ？」

カリカリカリ……カリカリ……。

「きこえるわ。なにかをかじる音《おと》？」

ガリガリガリ……。

「おい、近《ちか》づいてこないか？」

わたしたちは、いっせいにふりむいた。

西円洲博士《さいえんすはかせ》!?

うしろに立《た》っていたのは、西円洲博士《さいえんすはかせ》だった。

でも、いつものさわやかさがないような……。目《め》つきが、ギラギラしすぎてる。それに、なんで？　ヘンな人形《にんぎょう》をかかえてる。

「やっぱり来《き》たね。そろそろ来《く》るころだと思《おも》って、門《もん》をあけておいたよ。さあ、こっちへ来《き》て、わたしの世界支配《せかいしはい》を、手伝《てつだ》いたまえ。きみの魔法《まほう》の才能《さいのう》は、わたしの力《ちから》になるからね。」

博士《はかせ》が、じっとわたしを見《み》つめてる。

「本気《ほんき》で言《い》ってるの？　手伝《てつだ》うわけないじゃない！　みんなから集《あつ》めた脳能力《のうのうりょく》、さっさと返《かえ》して！」

わたしは、博士《はかせ》を思《おも》いっきりにらんだ。

「手伝《てつだ》ったほうが、自分《じぶん》のためだよ。現《げん》に使《つか》わせてもらったもの。気《き》がつかなかったのかな？」

使《つか》ったって!?　いったいいつ？　あっ、もしかして異常《いじょう》に眠《ねむ》かった、あのとき？　そういえば博士《はかせ》の声《こえ》がきこえたわ……。

「わかったかな？　わかったなら早《はや》く手伝《てつだ》いたまえ。いまに全世界《ぜんせかい》の人間《にんげん》が、この人形《にんぎょう》みたいになるんだから……。」

そう言《い》いながら、わたしたちの前《まえ》に、人形《にんぎょう》をさしだした。

木《き》でできた、男《おとこ》の子《こ》の人形《にんぎょう》だ。手足《てあし》に糸《いと》がついているあやつり人形《にんぎょう》……。

「その人形《にんぎょう》がどうしたっていうのよ？」

博士《はかせ》につめよった。

「わたしに脳《のう》を預《あず》けた人間《にんげん》は、あやつり人形《にんぎょう》と同《おな》じってことだよ。全世界《ぜんせかい》の人間《にんげん》を、あやつってあげよう。こうしてね！」

博士《はかせ》は、そう言《い》って、器用《きよう》に人形《にんぎょう》の糸《いと》をあやつり、動《うご》かしてみせた。

「まるで映画《えいが》に出《で》てくる『マッド・サイエンティスト』じゃないか……。」

ガロアがつぶやいた。

「『マッド・サイエンティスト』って？」

「狂気《きょうき》の科学者《かがくしゃ》さ。自分《じぶん》の欲望《よくぼう》のために、科学《かがく》を悪用《あくよう》する、とんでもないヤツさ。」

「なにか言《い》ったかな？　フフフ。」

博士《はかせ》はそう言《い》って、また、なにかを口《くち》へ入《い》れた。ポリポリ……カリカリ……。

「さっきから、カリカリうるさいよ。なに食《た》べてるの？」

わたしは、イライラして博士《はかせ》をにらんだ。

「これはサプリメント。脳《のう》の食事《しょくじ》だよ。わたしはこうして、脳《のう》に必要《ひつよう》な栄養素《えいようそ》を、摂取《せっしゅ》しているのだ。これが記憶力《きおくりょく》のもと、マンガン。これが、神経回路《しんけいかいろ》をスムーズにするＤＨＡ《ディーエイチエー》だよ。」

博士《はかせ》が得意《とくい》げに、小《ちい》さな粒《つぶ》を見《み》せた。

「わけがわからない。脳《のう》を働《はたら》かせるには、ご飯《はん》をキチンと食《た》べないといけないのよ。ママや吉野《よしの》先生《せんせい》がいつも言《い》ってるよ。」

「なにを言《い》っている？　ご飯《はん》……!?　食物《しょくもつ》を消化《しょうか》し、栄養素《えいようそ》を摂取《せっしゅ》するなんて、時間《じかん》のムダ、エネルギーのムダだよ。」

「ＤＨＡ《ディーエイチエー》？　マンガン？　なんだそれ。」

リョータがつぶやいた。

「ＤＨＡ《ディーエイチエー》は、ドコサヘキサエン酸《さん》、鰹《かつお》や鰯《いわし》にふくまれてる栄養素《えいようそ》だ。マンガンは豆類《まめるい》に多《おお》くふくまれているよ。」

ガロアの説明《せつめい》に、博士《はかせ》は、フン！　と鼻《はな》を鳴《な》らした。

「……さあ、おしゃべりは、このくらいでいいだろう？　メインコンピュータの様子《ようす》を見《み》にいこう。こうしているあいだも、世界中《せかいじゅう》から、電気信号化《でんきしんごうか》された脳能力《のうのうりょく》が、着々《ちゃくちゃく》と集《あつ》まってきているからね。」

そう言《い》いながら、つかつかとわたしのそばに歩《ある》いてきた。

「こっちへ来《き》て、きみの脳能力《のうのうりょく》を、わたしのために使《つか》うのだよ！」

「冗談《じょうだん》じゃない！　コンピュータ、こわしてやる！」

わたしたちは、博士《はかせ》の研究室《けんきゅうしつ》へはいろうと、廊下《ろうか》を走《はし》った。

「きみたちになにができる？　脳能力《のうのうりょく》を集《あつ》めたメインコンピュータ室《しつ》のセキュリティーは万全《ばんぜん》。このカードキーがなければ、なにもできないよ。」

博士《はかせ》が挑発《ちょうはつ》するように、薄《うす》いカードを見《み》せた。

「さあ、早《はや》く手伝《てつだ》いたまえ。きみの脳能力《のうのうりょく》を、わたしのために使《つか》うのだよ！」

博士《はかせ》がわたしの肩《かた》に、手《て》をかけた。

「いやよ！」

わたしは、博士《はかせ》の手《て》をはらい、カードキーを取《と》ろうと、飛《と》びかかった。

博士《はかせ》はわたしの手《て》を取《と》って、壁《かべ》に押《お》さえつけた。

「――痛《いた》い！」

「あかり！」

リョータが博士《はかせ》の背中《せなか》に体《たい》あたりした。ふいをつかれて博士《はかせ》の手《て》がゆるんだ。

わたしはサッと身《み》をひるがえし、博士《はかせ》から逃《のが》れた。

「なんで逃《に》げるんだ？　魔法《まほう》の才能《さいのう》を、認《みと》めてあげているじゃないか？」

博士《はかせ》が信《しん》じられないって顔《かお》をしてる。

「さぁ、早《はや》く……。」

人形《にんぎょう》をかかえた博士《はかせ》がジリジリと迫《せま》ってくる。

「魔法《まほう》は、世界《せかい》を幸《しあわ》せにするためにあるの！　世界《せかい》を支配《しはい》しようとする博士《はかせ》のために、あるんじゃない！」

お腹《なか》の底《そこ》から、思《おも》いっきりさけんだ。

――――。

一瞬《いっしゅん》、時間《じかん》がとまった。と、わたしのポケットから、光《ひかり》がほとばしった。

光《ひかり》はみるみるあふれだし、四方八方《しほうはっぽう》に広《ひろ》がっていく。

えぇっ!?　太陽《たいよう》のペンダントが！

ラウラさんにわたされたペンダントから、光《ひかり》があふれだしている。

「上出来《じょうでき》だね。魔次元《まじげん》で、勝負《しょうぶ》するつもりなのかね。そっちがその気《き》なら、わたしも本気《ほんき》だ。」

光《ひかり》のなかで、西円洲博士《さいえんすはかせ》の声《こえ》が、不気味《ぶきみ》に響《ひび》いてる。わたしたちは、あまりのまぶしさに、立《た》っていることができず、たおれこんでしまった。


しめった木《き》のにおいで、目《め》がさめた。ン……ここは、どこだろう？

小屋《こや》のなかだ。しかも、かなりせまくて、ボロい。板張《いたば》りの床《ゆか》は、ところどころに、穴《あな》があいてるし、家具《かぐ》は、ベッドとテーブルと椅子《いす》がひと組《くみ》あるだけ。あとは、なにもない。

家《いえ》の人《ひと》、いるのかな？　わたしは、しばらくじっとしていた。

だれもいないみたい。ゆっくり身体《からだ》を起《お》こし、ポケットに手《て》を入《い》れた。

——太陽《たいよう》のペンダント……。このペンダントが、ここへ連《つ》れてきたの？　ラウラさんが、もたせてくれなかったら、どうなっていたの？　わからない。だけど、ここにペンダントがあるだけで、なんだか安心《あんしん》できる。

そうだ、みんなは？

「さつき、ガロア、リョータ、みんなだいじょうぶ？」

わたしは、みんなを起《お》こしてまわった。

「うーん、あ、あかり……。ここはどこかしら?」

そう言《い》いながら起《お》きあがったさつきの顔《かお》が……。

「さつき、鼻《はな》が木《き》!」

ガロアもリョータも、三人《にん》とも、鼻《はな》が木《き》でできてる!

「あかりだって!」

えっ? みんなで自分《じぶん》の鼻《はな》をさわって、呆然《ぼうぜん》とした。

「ここ、どこだろう?」

「この鼻《はな》、『ピノッキオ』の物語《ものがたり》じゃないかな。」

ガロアが鼻《はな》をさわりながらつぶやいた。

『ピノッキオ』なら知《し》ってるよ。小《ちい》さいころ、ママに絵本《えほん》を読《よ》んでもらったわ。たしか、ゼペットというおじいさんが作《つく》った、木《き》の人形《にんぎょう》なんだよね。人間《にんげん》の子《こ》どもになりたくて、一生懸命勉強《いっしょうけんめいべんきょう》する、と約束《やくそく》したのに、サボって遊《あそ》んでばかり。おじいさんを悲《かな》しませるの。いろんな冒険《ぼうけん》をし、最後《さいご》はいい子《こ》になって人間《にんげん》の子《こ》どもになる。そんなお話《はなし》だった。

それが、なんでわたしたちなの?

「とにかく、小屋《こや》のなかにいてもしょうがない。外《そと》へ出《で》て、博士《はかせ》をさがそう。」

ガロアったら、鼻《はな》が木《き》になっても、冷静《れいせい》だね。

わたしたちは、注意深《ちゅういぶか》くドアをあけ、外《そと》へ出《で》た。これがもとの世界《せかい》だったら、こんな恥《は》ずかしい姿《すがた》で、ぜーったい出《で》ないけどね。

にぎやかでキレイな街《まち》だ。噴水《ふんすい》のある広場《ひろば》、石畳《いしだたみ》の道《みち》、石造《いしづく》りの家《いえ》。まるで、テーマパークに来《き》たみたい。食《た》べ物《もの》や日用品《にちようひん》を売《う》る市《いち》がたっている。大勢《おおぜい》の人《ひと》が、いそがしそうに歩《ある》いてる。

「ピノッキオが四人《にん》いても、だれも驚《おどろ》かないね。ここはどこなのかな？」

騒《さわ》がれるかと思《おも》ったけど、なんにもない。

「たぶん、ここはイタリアだと思《おも》うよ。」

ガロアが言《い》った。

「どうして、そう思《おも》うの？」

「『ピノッキオ』の舞台《ぶたい》はフィレンツェ、イタリアの都市《とし》だもん。」

へぇ、いつもながら、ガロアの物知《ものし》りには、感心《かんしん》する。

「イタリアか〜。ねぇ、さつき、ピザ屋《や》さん、あるかな？」

「さぁ……ピッツァは、ナポリが有名《ゆうめい》よ。それより、なにかきこえてこない？」

さつきが耳《みみ》をすましてる。

「あっ、あれだ。こっちへむかってる。」

ガロアが指《ゆび》さした。

広場《ひろば》のむこうから、仮面《かめん》をつけた男《おとこ》が、音楽隊《おんがくたい》をひきつれて近《ちか》づいてくる。キラキラの衣装《いしょう》を着《き》た女《おんな》の人《ひと》、飾《かざ》りをつけた大《おお》きなゾウ、ぶかぶかな衣装《いしょう》のピエロが、曲《きょく》に合《あ》わせて踊《おど》りながらやってくる。

幻想的《げんそうてき》な音楽《おんがく》に、こころがワクワク、楽《たの》しくなってきた。そして、頭《あたま》のなかが、ふわふわと軽《かる》くなって……。

「ねえ、みんなパレードといっしょに歩《ある》こうよ。」

わたしはみせられたように、列《れつ》についた。

「みんなもおいでよ!」

ああ、なんか楽《たの》しいかも〜。脳《のう》が喜《よろこ》んでるみたい。音楽《おんがく》が身体《からだ》を包《つつ》んでる〜。

「あかり、しっかりして。」

突然鼻《とつぜんはな》をつまれ、引《ひ》っぱられた。見《み》ると、さつきがわたしの鼻《はな》をつかんでる。わたしはハッとして、さつきを見《み》た。

「急《きゅう》に頭《あたま》がポワンとしちゃった。鼻《はな》つままれて気《き》がついたよ。」

「みんな、気《き》を引《ひ》きしめていこう。博士《はかせ》が言《い》ってただろう、『わたしに脳《のう》を預《あず》けた人間《にんげん》は、人形《にんぎょう》と同《おな》じだ。あやつってやる。』って。ぼくたちは今《いま》、その『人形《にんぎょう》』になっているんだからね。」

ガロアが、真剣《しんけん》な顔《かお》で言《い》った。

「じゃあ、オレたちがピノッキオになったのも、博士《はかせ》のパワーなのか。」

くやしそうに、リョータが唇《くちびる》をかんだ。

ああ、博士《はかせ》の魔法《まほう》のパワー！　呼《よ》びもどしたのが、わたしの魔法《まほう》の才能《さいのう》だったなんて……。そして、まだまだわたしを利用《りよう》しようとするなんて……。

ググゲーッと、怒《いか》りがわいてきた。冗談《じょうだん》じゃない！　わたしは、先頭《せんとう》を行《い》く仮面《かめん》の男《おとこ》にむかって、さけんだ。

「西円洲博士《さいえんすはかせ》！」

「ふふふ、そのとおりさ。ようこそ、ガブリエル大《だい》サーカス団《だん》へ！　わたしが団長《だんちょう》のガブリエルだよ。」

男《おとこ》はそう言《い》いながら、仮面《かめん》を取《と》った。

やっぱり西円洲博士《さいえんすはかせ》だ。

「サーカス団《だん》？」

「楽《たの》しい楽《たの》しいサーカスだよ。きみたちとサーカスで勝負《しょうぶ》しようと、連《つ》れてきたのさ。負《ま》けたら、きみの脳能力《のうのうりょく》、魔法《まほう》の才能《さいのう》をいただくよ。」

「サーカスで勝負《しょうぶ》？　勝手《かって》に決《き》められてもこまるよ。」

「そうかな？　きみはこれがほしくないのかな？」

そう言《い》いながら、カードキーを、チラッと見《み》せた。なんて卑怯《ひきょう》なヤツ！

「サーカスでもなんでもいい。勝負《しょうぶ》しようじゃない！　そのかわり、負《ま》けたらカードキーをもらうわよ。」

わたしは博士《はかせ》にキッパリと言《い》った。


「みなさま、お待《ま》ちかね！　サーカスのショーがはじまるよ！」

博士《はかせ》が宣言《せんげん》すると、鋭《するど》い光《ひかり》がわたしたちを照《て》らした。

「うわっ！　なにをするの!?」

まぶしくて、なにも見《み》えない！

しばらくして、ようやく目《め》がなれて、まわりを見《み》ると、ええっ、うそっ！

わたしたちは、大《おお》きなテントのなか。しかもたくさんの観客《かんきゃく》がこっちを見《み》ている。

「サーカスのステージの上《うえ》⁉」

わたしたちは、顔《かお》を見《み》あわせた。

「そうさ、ガブリエル大《だい》サーカスのはじまりだよ！」

博士《はかせ》は、つかつかとステージ中央《ちゅうおう》へ進《すす》み、マイクをにぎった。

「レディース・エンド・ジェントルメン！　今日《きょう》の出《だ》し物《もの》は、ピノッキオたちと、サーカス団《だん》の対決《たいけつ》～！　さぁ、どちらが勝利《しょうり》を手《て》にするでしょうか！　スリルあふれるこの戦《たたか》い、どうぞお楽《たの》しみください！　第《だい》一ラウンドは、玉乗《たまの》り障害物競走《しょうがいぶつきょうそう》です～。」

博士《はかせ》がさけぶと、パックリとステージの中央《ちゅうおう》が割《わ》れ、下《した》から障害物《しょうがいぶつ》コースが現《あらわ》れた。

みるみるうちに、坂道《さかみち》や、旗《はた》のついたポール、石《いし》ころの道《みち》や水《みず》たまりができちゃった。

わたしたちは驚《おどろ》いて、声《こえ》も出《だ》せない。

「さあ、障害物《しょうがいぶつ》のコースがあらわれました。次《つぎ》に、対戦相手《たいせんあいて》の紹介《しょうかい》です。サーカス団《だん》の挑戦者《ちょうせんしゃ》は……この人《ひと》です！」

おどけた調子《ちょうし》で、ぶかぶかのズボン、蝶《ちょう》ネクタイのピエロがあらわれた。

えーっ、ピエロ？　お腹《なか》ポッチャリで、いかにも運動《うんどう》が苦手《にがて》そうじゃない。バカにされてるのかしら？

「よしっ、オレが行《い》くぜ！」

リョータはそう言《い》うと、中央《ちゅうおう》へ躍《おど》りでた。肩《かた》をまわして、屈伸《くっしん》して、準備体操《じゅんびたいそう》をはじめた。やる気十分《きじゅうぶん》だね。

「勝負《しょうぶ》の説明《せつめい》をしよう。玉《たま》に乗《の》りながら、障害《しょうがい》を乗《の》りこえ、早《はや》くゴールしたほうが勝《か》ちだよ。」

博士《はかせ》の説明《せつめい》にリョータの顔《かお》が、キリリとしまった。

「がんばって！」

わたしはドキドキしながら、ステージを見《み》つめた。

「それでは、玉乗《たまの》り障害物競走《しょうがいぶつきょうそう》、スタート！」

ピエロが、おどけた顔《かお》で、玉《たま》に足《あし》をかけた。エイッ！　とばかり、飛《と》び乗《の》ろうとしたら、自分《じぶん》のぶかぶかズボンに、足《あし》を取《と》られて、思《おも》いっきりこけた。会場《かいじょう》は、大爆笑《だいばくしょう》。

リョータは、真剣《しんけん》。気合十分《きあいじゅうぶん》。パッとジャンプして……。

「うわっ、一回《かい》で乗《の》れた。スゴイ！　さすがだね。学年《がくねん》で一番《ばん》の運動神経《うんどうしんけい》の持《も》ち主《ぬし》だもんね。」

リョータはピエロより早《はや》くスタートを切《き》って、どんどん進《すす》んでる。ピエロは、やっと玉《たま》に乗《の》ったところだ。

「リョータ、慎重《しんちょう》にね！」

リードしてても、落《お》ちたらアウトだもんね。わたしたちはハラハラしながら、ステージを見《み》守《まも》ってる。

リョータは最初《さいしょ》の障害《しょうがい》、坂上《さかのぼ》りにはいった。勾配《こうばい》をつけて板《いた》を置《お》いただけなんだけど、玉乗《たまの》りで、坂《さか》を上《のぼ》るって、むずかしいみたい。

ほんの三メートルくらいなのに、力《ちから》を入《い》れた足《あし》もとは、ギシギシときしみ、なかなか進《すす》まない。すると……、

「ああ、うしろからピエロがやってきた！」

ウソッ、おどけた顔《かお》で、ピエロが器用《きよう》に玉《たま》をあやつりながらやってきた。あっ、並《なら》んだよ。そしてスルスルとリョータをぬき去《さ》っちゃった。

「グオオォーッ！」

ぬかれても、リョータは必死《ひっし》で上《のぼ》りきった。

次《つぎ》の障害《しょうがい》は……ポールが五本《ほん》、しっかりと地面《じめん》に固定《こてい》されている。

「サッカーのドリブル練習《れんしゅう》の要領《ようりょう》で、ポールのあいだを進《すす》むのね。ポールの間隔《かんかく》、ずいぶんせまいわ。だいじょうぶかしら？」

さつきが心配《しんぱい》してる。

玉《たま》から落《お》ちないように、足《あし》を小刻《こきざ》みに動《うご》かして、懸命《けんめい》に追《お》うリョータ。

「ガンバレ、落《お》ちついて！」

ピエロが、カーブしそこねて、ポールにぶつかった。

「いまだ！　チャンス！」

リョータがピエロをぬいた。スゴイ、さすがリョータ！

ゴールまで、一直線《いっちょくせん》。でも、ゴツゴツとした石《いし》が埋《う》まっていたり、水《みず》たまりがあったり。最後《さいご》まで、気《き》がぬけない。

懸命《けんめい》に足《あし》を動《うご》かす、リョータ。あと、少《すこ》し、一メートル……。いいぞ、勝《か》った！

みんながそう思《おも》ったとき、リョータの足《あし》が、スルッとすべった……。

まるでスローモーションを、見《み》ているよう……。

パアアーン！

リョータの玉《たま》が、石《いし》の上《うえ》にのって、破裂《はれつ》しちゃった。

「ピノッキオ、落下《らっか》～！　勝者《しょうしゃ》、ピエロ！」

博士《はかせ》がさけんだ。

肩《かた》を落《お》として、座《すわ》りこむリョータの鼻《はな》が、プルプルと震《ふる》え、スルスルとのびはじめた。

「うわっ、なんでだよ？」

「勝負《しょうぶ》に負《ま》けたバツです！　残念《ざんねん》でした。」

会場《かいじょう》の観客《かんきゃく》は、のびる鼻《はな》を見《み》て、喜《よろこ》んでる。

「あと、もう少《すこ》しだったのに。こんな鼻《はな》にするなんて！」

リョータがくやしがってる。笑《わら》い者《もの》にするなんて、悪趣味《あくしゅみ》なヤツ、ゆるせない。

「博士《はかせ》！　次《つぎ》はわたしよ！」

わたしはステージにむかって言《い》った。

「では、第《だい》二回戦《かいせん》！　観客《かんきゃく》のみなさま、次《つぎ》なる勝負《しょうぶ》は空中《くうちゅう》ブランコです！　はなれた位置《いち》にブランコが二台《だい》。それぞれ分《わ》かれて乗《の》り、反対側《はんたいがわ》の台《だい》に飛《と》びうつります。ただし、ブランコのある台《だい》の幅《はば》、わずか一メートル四方《しほう》！　華麗《かれい》に、優雅《ゆうが》に飛《と》び、みごと飛《と》びうつった者《もの》が、勝者《しょうしゃ》です。」

楽《たの》しそうな博士《はかせ》の声《こえ》に反応《はんのう》するように、ステージが変化《へんか》しだした。障害物《しょうがいぶつ》コースは地下《ちか》に隠《かく》れて、天井《てんじょう》から長《なが》いはしごが二本《ほん》おりてきた。

はしごを、登《のぼ》りきったところに、ブランコ台《だい》がある。けど、あまりの高《たか》さに、下《した》から見《み》ると、一メートル四方《しほう》どころか、手《て》のひらサイズに見《み》える……。

下《した》から見《み》ているのに、くらくらしてきた。だってわたし、高《たか》いところが苦手《にがて》なんだもん。

「さあ、準備《じゅんび》はできた。いつでもはじめられるよ。」

博士《はかせ》が、うれしそうに天井《てんじょう》をあおいだ。二台《だい》のブランコが、ギシギシと音《おと》をたててゆれている
……。ひょえーっ、めっちゃ高《たか》いじゃない。

「あかり、だいじょうぶ？」

さつきがわたしの手《て》をにぎった。

こわいよ。でも、そんなこと言《い》ってられない。わたしは、さつきの手《て》を、グッとにぎりかえし、はしごの前《まえ》へ進《すす》み出《で》た。

「会場《かいじょう》のみなさま！　わたし、命綱《いのちづな》をつけずに空中《くうちゅう》ブランコ対決《たいけつ》をします！　そのかわりに、対《たい》戦相手《せんあいて》を指名《しめい》したいのです。いかがですか？」

わたしは、観客《かんきゃく》に話《はな》しかけた。

「あかり、むちゃよ。」

さつきの顔《かお》が、ひきつった。

「だいじょうぶだよ。こうして博士《はかせ》をおびきよせておいて、すきをみて、カードキーをうばってみせる。」

わたしは、自分《じぶん》に言《い》いきかせるように、答《こた》えた。

「いいぞ！　がんばれー！」

会場《かいじょう》から、声援《せいえん》が飛《と》んだ。

「では、ピノッキオが指名《しめい》します空中《くうちゅう》ブランコ対決《たいけつ》の相手《あいて》は……ガブリエル団長《だんちょう》です！」

「いいだろう、受《う》けてたとう！」

博士《はかせ》が、ステージに立《た》った。

よしっ！　気合《きあい》を入《い》れて、ブランコめざしてはしごを登《のぼ》った。

ううっ、なんて高《たか》いんだろう……。

わたしはせまい台《だい》の上《うえ》で、観客席《かんきゃくせき》を見《み》た。みんなが、小《ちい》さく見《み》える。

ひざが、ガクガクしてきたよ……。

「では、お先《さき》！」

むこう側《がわ》の台《だい》にいた博士《はかせ》が、観客《かんきゃく》に手《て》をふって、余裕《よゆう》の表情《ひょうじょう》だ。

両手《りょうて》でしっかりと、ブランコを持《も》ち、ビュンと飛《と》びだした。

わたしだって。——アレッ？　でも、足《あし》が、金《かな》しばりにあってる……。一歩《いっぽ》が、踏《ふ》みだせない。

博士《はかせ》のブランコが、大《おお》きく弧《こ》を描《えが》いて、わたしの立《た》つ台《だい》まで近《ちか》づいてきた。あっ！　胸《むね》のポケットに、カードキー！　手《て》をのばせば、取《と》れるぞ。と、思《おも》ったら、振《ふ》り子《こ》のように、あっというまにもどっていく。

——博士《はかせ》のブランコが、目《め》の前《まえ》に来《き》たら、カードキーをぬき取《と》る！　これしかない。

奥歯《おくば》に力《ちから》がはいった。失敗《しっぱい》できない、一度《いちど》きりのチャンスだ。台《だい》のギリギリまで進《すす》み、一瞬《いっしゅん》のチャンスに目《め》をこらした。

博士《はかせ》のブランコが近《ちか》づいてきた！　わたしは、ブランコから思《おも》いきって手《て》をのばした。カードキーに指《ゆび》がふれた……瞬間《しゅんかん》！　わたしはバランスをくずしたまま、片手《かたて》でブランコをつかんで空中《くうちゅう》に飛《と》びだしていた。

————!?

「あかりっ！　手《て》をはなさないで！」

さつきのさけび声《ごえ》がきこえる。

片手《かたて》で、自分《じぶん》の体重《たいじゅう》を支《ささ》え……ああ、無理《むり》！　ブランコをつかんでいる手《て》が、ジリジリとはずれていく。

「キャー——ッ！」

わたしは真《ま》っ逆《さか》さまに落《お》ちていった。

10 イソップ童話《どうわ》でお悩《なや》みそうだん？

かゆい……ぞ。わたしは、全身《ぜんしん》がチクチクとかゆくて、目《め》がさめた。

まわりは、一面干《いちめんほ》し草《くさ》。そのなかに、すっぽりと身体《からだ》が埋《う》まっている。かゆいはずだわ！

っていうか、どうしてこんなところにいるんだろう？

そうだ、鼻《はな》！　わたしの鼻《はな》、木《き》のまま？

わたしは、そっと手《て》をあてた。やわらかい。よかったぁ。もとにもどってる。もう、『ピノッキオ』の世界《せかい》じゃないんだわ。

えーっと、たしか、サーカスの空中《くうちゅう》ブランコ対決《たいけつ》で、西円洲博士《さいえんすはかせ》からカードキーをうばおうとして、もう少《すこ》しってとこで、真《ま》っ逆《さか》さまに落《お》ちて……。

あっ、カードキーはどこ？　早《はや》く手《て》に入《い》れて研究所《けんきゅうじょ》にもどらないと、世界《せかい》のノー脳状態《のうじょうたい》が、ますますひどくなっちゃう。

それに、たいへん！　みんなも見《み》あたらない！

「さつきー、ガロアー、リョータ！」

わたしは思《おも》いっきりさけんだ。

「ここよ〜、あかり〜。」

干《ほ》し草《くさ》のなかから、さつきが出《で》てきた。

続《つづ》いて二か所《しょ》の干《ほ》し草《くさ》が、モコモコ動《うご》いて、リョータとガロアも顔《かお》を出《だ》した。

「納屋《なや》のなかの干《ほ》し草《くさ》か……。さっきの小屋《こや》といい、今回《こんかい》は、貧《まず》しそうな感《かん》じ、満載《まんさい》だね。」

周囲《しゅうい》をぐるりと見《み》まわして、リョータが言《い》った。

「うん、たしかにお金持《かねも》ちって感《かん》じじゃないね。それに……見《み》てよ。わたしたちの服《ふく》……。」

わたしは、クルリとまわってみせた。

木綿《もめん》の半袖《はんそで》のブラウスと、くるぶしまでのロングスカート。色《いろ》は、はてしなく地面《じめん》に近《ちか》い色《いろ》。

せめてこれが、キレイめの色《いろ》だったら、ヨーロッパの民族衣装《みんぞくいしょう》っぽくて、カワイイのに。ガロアとリョータも半袖《はんそで》、そして半《はん》ズボン！　いまどき半《はん》ズボンだよ。

「なかなか残念《ざんねん》なファッションだけど、気《き》にしていられないさ。ぼくたちには、大事《だいじ》な使命《しめい》があるから。ね、あかり。」

ガロアがそう言《い》いながら、わたしを見《み》た。そうだよ。こうしているいまだって、世界中《せかいじゅう》の人々《ひとびと》の脳《のう》が、博士《はかせ》のコンピュータに、集《あつ》められているんだ……。

わたしたちは、納屋《なや》から外《そと》へ出《で》た。

「なあ、かなりの田舎《いなか》だよ。人《ひと》の数《かず》より、動物《どうぶつ》のほうが多《おお》いぜ。」

「うん。アヒル、牛《うし》、ロバ……動物園《どうぶつえん》以外《いがい》で見《み》たの、はじめてよ。」

そのとき、むこうから、ロバがフラフラ歩《ある》いてきた。背中《せなか》に荷物《にもつ》とおじいさんと子《こ》どもが乗《の》っている。ロバはいまにも倒《たお》れそうだ。

「すみません。そこの　かしこそうな　かた……。」

すれちがいざまに、おじいさんが、声《こえ》をかけてきた。

「えっ？　わたしのこと？　賢《かしこ》そう……なんて。なにがあったの？」

「はい。まごと　にもつと　ロバと　いちばんまで　いきたいのです。でも、みんな　つかれてます。どうしたら　いいでしょう？」

えっ？　なにを言《い》ってるのだろう？　わたしはみんなと顔《かお》を見《み》あわせた。

「ヘンなおじいさんだ。かかわらないほうがいいぜ。」

そう言《い》って、リョータが通《とお》りすぎようとしたら、

「おーいおいおい！　えーんえんえん……。」

おじいさんが、大声《おおごえ》で泣《な》きだしちゃった。

「わかりませーん、いちばへ　いかなくては　いけないのですぅ～。でも　うごけません～。」

「ちょ、ちょっと待《ま》ってよ。なにも、泣《な》かなくても。……そうだ、こうしたら？　まず、荷物《にもつ》をおろして、草原《そうげん》でロバに草《くさ》を食《た》べさせる。ねっ、さつき。」

「そのあいだにあなたと孫《まご》は、木《こ》かげで休《やす》んでいたら？　それから、それから、思《おも》いつかないわ。リョータお願《ねが》い。」

「ええっ？　そうだな。……それから、みんなで小川《おがわ》で水《みず》を飲《の》んで、荷物《にもつ》をロバに積《つ》んで、市場《いちば》へ出発《しゅっぱつ》！　なっ、ガロア。」

「くれぐれも、市場《いちば》までは、ロバに乗《の》らないこと。ロバが疲《つか》れるからね。でも、帰《かえ》りは荷物《にもつ》がないから、二人《ふたり》で交替《こうたい》で、ロバに乗《の》って、家《いえ》へ帰《かえ》ればいいよ。」

ガロアがしめくくった。すると、

「なんと　すばらしい！　いくら　かんがえても　わからなかったのに。おしえてくれて　ありがとう　ございます。」

おじいさんは、興奮《こうふん》して、わたしの手《て》をガッシリにぎった。

「おれいを　したいけど、こんな　もの　しか　なくて……。」

おじいさんは、小《ちい》さい袋《ふくろ》をわたして、去《さ》っていった。

「小麦粉《こむぎこ》だ。市場《いちば》に売《う》りにいく途中《とちゅう》だったんだね。」

よくわからないけど、いいことをすると、気分《きぶん》がいいね。わたしは、袋《ふくろ》をポケットに入《い》れて、
また歩《ある》きはじめた。すると、

「――すみません。じんせいに　なやんで　います。おしえて　ください。」

地面《じめん》から、小《ちい》さい声《こえ》がきこえてきた。

「えっ、地底人《ちていじん》？　地面《じめん》から声《こえ》がきこえるね。」

みんなで立《た》ちどまった。すると、

「アリよ！　アリがしゃべってるわ。」

さつきがじっと地面《じめん》を見《み》てる。

「人生《じんせい》って、きこえたよ。アリが、人生《じんせい》って……。」

もう一度《いちど》、耳《みみ》をすましてみた。

「そうです！　あり　です。われわれは　いちにちじゅう　はたらいて　いるのに、いちにち
じゅう　はたらかない　きりぎりすと　おなじ　むし　と　よばれて　います。じんせい　そん

して　いるのでは　ないでしょうか？　はたらく　こと　やめた　ほうが　いいでしょうか？」

アリたちは、いつのまにか、集団《しゅうだん》になってる。黒《くろ》い地面《じめん》が、モゾモゾ動《うご》いてる。

「アリに悩《なや》みがあるなんて、はじめて知《し》ったわ。」

さつきが、地面《じめん》にむかって真剣《しんけん》に考《かんが》えてる……不思議《ふしぎ》な光景《こうけい》だな。

「個人《こじん》として、いえ、虫《むし》として、『アリ』であることに、誇《ほこ》りをもつのよ。わたしたち人間《にんげん》だって、いろんな人《ひと》がいるわ。他人《たにん》を気《き》にせず、自分《じぶん》の人生《じんせい》……いえ、アリという生《い》き方《かた》に、自信《じしん》をもって。人《ひと》は人《ひと》、自分《じぶん》は自分《じぶん》。……アリはアリ。キリギリスはキリギリス。他人《たにん》とくらべないで。」

おおーっ、さすがしっかり者《もの》で、マジメなさつきだ。とてもアリ相手《あいて》とは、思《おも》えない回答《かいとう》だ。

「ありがとう。あり　いちぞくの　なやみが　かいけつされて　うれしいです。おれいの　しなものを　うけとって　ください。」

たくさんのアリたちが、モゾモゾと袋《ふくろ》を運《はこ》んできた。

「どういたしまして……。」

さつきが、小《ちい》さな袋《ふくろ》をひろった。

「お砂糖《さとう》がはいってるわ。大切《たいせつ》な、たくわえをお礼《れい》にくれたのね。なんだか不思議《ふしぎ》。いったいここは、なんの世界《せかい》？」

さつきが、砂糖《さとう》の小袋《こぶくろ》を、ポケットに入《い》れながら、つぶやいた。

「おい、あれ！　ウサギとカメが来《き》た。また、質問《しつもん》されるのかな？」

リョータがこまった顔《かお》をした。

わたしたちは、なにげなく歩《ある》いていく。ウサギとカメとの距離《きょり》が、ちぢまってきた。わっ、ウサギったら、二足歩行《にそくほこう》だ!?　カメと話《はな》しながら歩《ある》いてるよ。なにを話《はな》してるのかな？　うーん、ききたい！　でもガマン、知《し》らん顔《かお》で通《とお》りすぎた、ら……。

「あの　すみません。」

やっぱり話《はな》しかけてきた。

ふりむくと、ウサギが小《ちい》さい口《くち》を、コチョコチョ動《うご》かして、話《はな》しはじめた。

「わたくし　うさぎ　ですが　この　かめさんと　『あしが　はやい』について　はなして　いましたら　わけが　わからなくなって　しまいました。わたしたちは　どうすれば　いいのか　ごぞんじ　ですか？」

これって、『ウサギとカメ』の話《はなし》だ。わたしは、まじまじとウサギを見《み》た。すると、

「あのね、『あしが　はやい』には、いくつかの意味《いみ》があるよ。逃《に》げ足《あし》が速《はや》いことも、『足《あし》が速《はや》

い』って言《い》うし、食《た》べ物《もの》がくさりやすいことも、『足《あし》が早《はや》い』って言《い》うよ。」

えっ、ガロア、そこ？

「それは　ちがう。」

カメが答《こた》えた。

「では、きみたちの場合《ばあい》は、『走《はし》る速《はや》さ』の『足《あし》が速《はや》い』を言《い》っているんだね。」

ウサギが、長《なが》い耳《みみ》をピクピク動《うご》かして、カメが、のそーっと、首《くび》をのばして、二匹《ひき》で答《こた》えた。

「そう　です。」

「では、いまから競走《きょうそう》して決《き》めよう！　ゴールは、むこうに見《み》える山《やま》のふもと。先《さき》に着《つ》いたほうが、『足《あし》が速《はや》い』ってわかるよ。いいかな？　位置《いち》について……よーい、ドン！」

ガロアの声《こえ》に、二匹《ひき》は、走《はし》っていっちゃった。

「これで、自分《じぶん》たちで解決《かいけつ》するだろうね。」

ガロアがカメのうしろ姿《すがた》を見送《みおく》りながら言《い》った。

「なぁ、この世界《せかい》おかしいぞ。さっきから、ヘンテコな質問《しつもん》されてばかり。これじゃあ、西円洲《さいえんす》博士《はかせ》と勝負《しょうぶ》どころか、博士《はかせ》を見《み》つけることもできないぜ。」

リョータがウンザリしてる。

「たしかに、そうね。ここがどこだか、わからないし。」

「もしかして、これが博士《はかせ》の作戦《さくせん》かも……。」

ガロアが神妙《しんみょう》な顔《かお》で言《い》った。

「作戦《さくせん》って？　どういうこと？」

「ロバとおじいさんと孫《まご》、アリとキリギリス、ウサギとカメ……。共通点《きょうつうてん》に気《き》がついたんだ。」

ガロアって、物事《ものごと》を深《ふか》く考《かんが》えるところが、スゴイけど、さすがにちょっと、考《かんが》えすぎじゃないかな。わたしには、共通点《きょうつうてん》なんて見《み》あたらない。

「イソップ童話《どうわ》だよ。ここ、全体《ぜんたい》が、イソップ童話《どうわ》の世界《せかい》なんだよ。」

ガロアが真剣《しんけん》な顔《かお》で言《い》った。

「うーん、アリとキリギリス、ロバとおじいさんと孫《まご》なんかはそうかも。ウサギとカメって、日《に》本《ほん》の昔話《むかしばなし》じゃないの？」

「イソップ童話《どうわ》よ。日本昔話《にほんむかしばなし》って思《おも》ってる人《ひと》も多《おお》いけどね。一年生《ねんせい》のころ読《よ》んだ『イソップどうわ』にのっていたもの。」

さつきの言葉《ことば》に、ガロアがうなずいた。

「イソップ童話《どうわ》は、わかったよ。で、ガロアの推理《すいり》ってなんだよ。」

「イソップ童話《どうわ》って、たくさんあるんだよ。このまま質問《しつもん》ぜめにあわせて、ぼくらをここに足《あし》どめする作戦《さくせん》だよ。」

「そのあいだに、人々《ひとびと》から脳能力《のうのうりょく》を集《あつ》めようとしてるのね！」

「そんな作戦《さくせん》、つきあっていられないよ。ここから脱出《だっしゅつ》しなくちゃ。でも、どうすればいいのかな？」

リョータが、道《みち》を行《い》ったり来《き》たりして考《かんが》えてる。

「あー、思《おも》いつかないぞ……。」

わたしは、なにげなくあたりを見《み》まわした。ん？　道《みち》のむこうからトボトボと、一人《ひとり》の男《おとこ》の人《ひと》が歩《ある》いてくる……。

「そうだ、いい考《かんが》えがある！　──西円洲博士《さいえんすはかせ》！　近《ちか》くにいるんでしょ？　話《はなし》があるの、出《で》てきてよ！」

わたしは、空《そら》にむかって博士《はかせ》に呼《よ》びかけた。

「あそこに、一人《ひとり》の旅人《たびびと》が歩《ある》いているでしょ。あの人《ひと》のコートをぬがせること、できる？」

すると……。

「なにを言《い》いだすかと思《おも》ったら、それは『北風《きたかぜ》と太陽《たいよう》』の話《はなし》じゃないか。なにをたくらんでいるのかな？」

姿《すがた》はあらわさないけど、空《そら》から博士《はかせ》が返事《へんじ》をした。

「たくらむなんて、そんなことできないよ。じつは……なんだか、頭《あたま》が疲《つか》れて……むずかしいこと、わからないよ……。もう勝負《しょうぶ》をつけたいの……。負《ま》けたら博士《はかせ》の助手《じょしゅ》にでも、なんでもなるから……。」

「必《かなら》ず、だな？」

うれしそうな博士《はかせ》の声《こえ》が、空《そら》に響《ひび》いた。

「うん。わたしは、風《かぜ》にたのんで、吹《ふ》きまくってもらって、コートをぬがそうと思《おも》うんだ……。

博士《はかせ》は、どうするの？」

力《ちから》なく言《い》うと、博士《はかせ》はうれしそうに、

「そうかい。脳《のう》が疲《つか》れてきたのかね……。では、わたしは、太陽《たいよう》にたのんで、カンカンに照《て》ってもらうよ。」

さつきたちが心配《しんぱい》そうにわたしを見《み》たけど、これで作戦《さくせん》どおり。わたしにまかせて！　と、ウインクした。

「じゃあ、先《さき》に風《かぜ》にたのんで、吹《ふ》いてもらうよ。おーい、空《そら》の風《かぜ》！　お願《ねが》いがあるの。あなたの力《ちから》で、あの旅人《たびびと》のコートをぬがせてみて！」

思《おも》いっきりさけんだ。

「なんだね、そんなこと、あっというまにできるさ。」

そう言《い》って、風《かぜ》は旅人《たびびと》にむかって、吹《ふ》きつけた。

「あかり、博士《はかせ》が選《えら》んだ、太陽《たいよう》が勝《か》つに決《き》まってるじゃない。どうするつもりだよ？」

リョータがあせってる。

「だいじょうぶ。風《かぜ》は、コートをぬがそうと、もっと強《つよ》く吹《ふ》くでしょ。その風《かぜ》に乗《の》って、このイソップ童話《どうわ》から、脱出《だっしゅつ》する作戦《さくせん》だよ。」

わたしは、みんなに言《い》った。

「スゴイ。あかりらしい、一《いち》か八《ばち》かの作戦《さくせん》だわ。」

さつきが感心《かんしん》してる。

「さあ、みんなバラバラにならないように、手《て》をつないで。」

男《おとこ》の人《ひと》は、コートが飛《と》ばされないよう、ベルトをきつくしめだした。うん、いいぞ……。

「風《かぜ》さん、もっと強《つよ》く吹《ふ》いて！　あのベルトをはずすくらい強《つよ》く！」

「よしっ、行《い》くぞ！」

――ビューッビューッ。

まるで台風《たいふう》だ。

「いまだ！」

わたしたちは、風《かぜ》に飛《と》びこんだ。

服《ふく》が、はぎとられそうな勢《いきお》いだ。フワッと足《あし》が浮《う》いた。と、思《おも》ったら、スコンとひざの力《ちから》がぬけた。風《かぜ》の力《ちから》ってスゴイ！　わたしたちは、風《かぜ》にさらわれて、どんどん空高《そらたか》く、舞《ま》いあがった。

「やったー、これで、イソップ童話《どうわ》から、脱出《だっしゅつ》できるよ！」

「あかりの作戦《さくせん》、みごと成功《せいこう》だ！」

リョータが、ガッツポーズしてる。グングン上昇《じょうしょう》して、地上《ちじょう》はもう見《み》えない。

「みんなー、はぐれないように、きつく手《て》をつないで！」

わたしたち四人《にん》、風《かぜ》のなかで、輪《わ》になった。

11 ばかせ、かくご！ のうをとかす、すうぃーとさくせんだぞ

イソップ童話《どうわ》の「風《かぜ》」に飛《と》ばされて、脱出《だっしゅつ》したのはいいけど、ずっと飛《と》んでる！

綿菓子《わたがし》みたいなふわふわで、いろんな大《おお》きさの雲《くも》が、わたしたちのまわりを、通《とお》りすぎていく。

「正義《せいぎ》のヒーローみたい。オレ一度《いちど》、空《そら》を飛《と》んでみたかったんだ。」

リョータがゴキゲンで、ポーズを決《き》めた。

「たしかに風《かぜ》は気持《きも》ちいいけど、あかり、だいじょうぶかしら？」

さつきが心配《しんぱい》してわたしを見《み》た。

「うん、下《した》を見《み》なければ、だいじょうぶだよ。雲《くも》しか見《み》えないし。このまま風《かぜ》に乗《の》って、どこへ運《はこ》ばれちゃうのかな？」

「あかりったら、究極《きゅうきょく》のノンキね。」

「……ねえ、高度《こうど》が下《さ》がってきてるよ。」

ガロアが言《い》った。

「つまり、落《お》ちているってこと!?」

わたしはあせって下《した》を見《み》ちゃった。うわーっ！　コワイ！

落《お》ちている！　確実《かくじつ》に落《お》ちているじゃない！

「か、身体《からだ》がまわりだした！」

「飛行機《ひこうき》が落《お》ちるときの、きりもみ状態《じょうたい》だ……。」

「え？　リョータ、キリンをもむ？」

「あかり！　ボケてる場合《ばあい》か？」

「場合《ばあい》じゃないかも！」

わたしたちの身体《からだ》は、ガクンとななめにかたむいた。頭《あたま》が下《した》むいてる！　ギャーッ！　もうダメー！

「きりもみ！　目《め》がまわる〜。」

落下《らっか》のスピードは、どんどん加速《かそく》していく。きりもみは、おさまったけど、まるで流《なが》れ星《ぼし》のよう。地面《じめん》めざしてまっしぐらだ。

「うわーっ、下見《したみ》て！　真《ま》っ黒《くろ》な、かたまりがある！」

わたしは、大声《おおごえ》でさけんだ。

「ぶ、ぶつかる――！」

あー、わたしたち、あのかたまりにぶつかって、くだけちるの⁉

「ママ、パパ、アタルー！」

「だれか助《たす》けて～！」

黒《くろ》いかたまりは、もう目《め》の前《まえ》！　完全《かんぜん》に、完璧《かんぺき》に、百パーセント、ゼッタイ、ぶつかる！

「ウワワワワーッ！」

わたしたちは、スゴイ勢《いきお》いで、黒《くろ》いかたまりに飛《と》びこんだ。

ボワンッ！

痛《いた》くない……。黒《くろ》いかたまりは、まるで空気《くうき》のクッションのように、わたしたちを受《う》けとめた。

「――ここは、夜《よる》？」

「みんな無事《ぶじ》ね。こわかった……。」

さつきがホッとした声《こえ》を出《だ》した。

真《ま》っ黒《くろ》いかたまりは、次《つぎ》の物語《ものがたり》の入《い》り口《ぐち》だったみたい。空気《くうき》がピンと張《は》った、夜《よる》の世界《せかい》だ。

わたしたちは、静《しず》かに、ゆっくりと地面《じめん》に着地《ちゃくち》した。まるでUFO《ユーフォー》が着陸《ちゃくりく》するみたい。見《み》たことないけど……。

「ふう、生《い》きているって、すばらしいね……。」

ガロアがつぶやいた。ホント、よかった……。

「月《つき》が出《で》ていて、よかったわね。ここがどこか、調《しら》べてみよう。」

そう言《い》いながら、歩《ある》きだそうとしたら、

「空《そら》から落《お》ちてきた、怪《あや》しいヤツ！　者《もの》ども、ひっ捕《と》らえろ！」

突然声《とつぜんこえ》がして、ワラワラと男《おとこ》の人《ひと》たちがあらわれた。

「ち、ちがいます！　わ、わたしたち、怪《あや》しい者《もの》なんかじゃないです！　イソップ童話《どうわ》から……じゃない、人間《にんげん》の世界《せかい》から、魔法《まほう》を使《つか》ってきた者《もの》です。」

わたしは、男《おとこ》の人《ひと》たちにむかってさけんだ。

「いそっぷ？　まほう？　ますます怪《あや》しい！　こやつらの戯言《たわごと》など、信《しん》じてはならぬぞ。はよう、ひっ捕《と》らえてしまえ！」

「ちょっと、待《ま》ってよ、わからなかったら、説明《せつめい》するから！」

必死《ひっし》でさけんだけど、たくさんの人《ひと》たちに囲《かこ》まれて、わたしたちは、あっというまにつかまってしまった。

「さあ、立《た》て！　かぐや皇子《おうじ》のところへ連《つ》れていこう。」

か、かぐやおうじ？　いったいどこの物語《ものがたり》だろう……。

わたしたち、これからどうなってしまうの？

西円洲博士《さいえんすはかせ》を見《み》つけて、みんなから集《あつ》めた脳能力《のうのうりょく》を解放《かいほう》しなきゃならないのに。わたしたち、こんなところで、つかまってなんか、いられないのに！


月《つき》が、真《ま》っ暗《くら》な道《みち》を照《て》らしている。いままで、気《き》がつかなかったけど、月明《つきあ》かりって、明《あか》るいんだ。影《かげ》まで出《で》てる……。前《まえ》を歩《ある》く、リョータの影《かげ》を見《み》ながら思《おも》った。

「街灯《がいとう》も、コンビニもないね。ここ、どこの物語《ものがたり》だ？」

リョータがポツリと言《い》った。

「日本《にほん》は、たしかだよね。わたしたち、服《ふく》が着物《きもの》に変《か》わってるから。」

「そうね。このデザインからすると、平安時代《へいあんじだい》かしら？」

さつきが答《こた》えた。へー、さすが、よく知《し》っているね。

「あれ？　なんか袖《そで》のなかにはいってる……。」

たもとに手《て》を入《い》れると、太陽《たいよう》のペンダントと、小《ちい》さな布袋《ぬのぶくろ》が指《ゆび》にふれた。

「これ、静《しず》かに歩《ある》け。もうすぐ、かぐや皇子《おうじ》のお屋敷《やしき》だ。」

空《そら》から、サラサラ、サラサラと、音《おと》がきこえる。見《み》あげると、竹藪《たけやぶ》に囲《かこ》われて、大《おお》きなお屋敷《やしき》が建《た》っていた。

「すごい、いままでの小屋《こや》や納屋《なや》とはちがうな。御殿《ごてん》だよ。」

リョータが屋敷《やしき》を見《み》あげて言《い》った。

「さあ、はいれ。ここで、かぐや皇子《おうじ》がおまえたちをおしらべになる。」

わたしたちは、お屋敷《やしき》の庭《にわ》へ通《とお》された。

腹立《はらた》つなあ。ちょっと、これじゃ悪者《わるもの》あつかいじゃない。わたしたちなんにも悪《わる》いコトしてないのに。

わたしは、庭《にわ》から、家《いえ》へ上《あ》がろうとした。

「これ、無礼《ぶれい》な！　おまえたちは、庭《にわ》じゃ！」

体格《たいかく》のいいお兄《にい》さんに押《お》さえられ、わたしたちは、庭《にわ》の土《つち》の上《うえ》に座《すわ》らされてしまった。着物《きもの》の丈《たけ》が短《みじか》いから、細《こま》かい石《いし》が直接《ちょくせつ》脚《あし》にあたって痛《いた》い。

おっ、庭《にわ》から、なかの様子《ようす》がよく見《み》えるじゃない。

床《ゆか》は板張《いたば》り。奥《おく》に、ブラインドみたいなものが下《さ》がってる。たしか、「御簾《みす》」っていうんだよね。そばには、おじいさんとおばあさんがいる。そして、おじいさんたちを、取《と》りまくたくさんの人《ひと》たち。家来《けらい》とか、おつきの女《おんな》の人《ひと》たちだ。

あのなかに「かぐや皇子《おうじ》」がいるのね。いったいどんな顔《かお》をしているんだろう？

じーっと見《み》つめていたら、なかから声《こえ》がした。

「これ、わたしの所望《しょもう》した、『さぷりめんと』は、手《て》にはいったか？」

この声《こえ》は……!?　西円洲博士《さいえんすはかせ》？

「かぐや皇子《おうじ》って、博士《はかせ》なの？」

わたしたちは、顔《かお》を見《み》あわせた。

「そうか！　ここは、かぐや姫《ひめ》の世界《せかい》だよ。そばにいるのは、『竹取物語《たけとりものがたり》』のおじいさんとおばあさん！」

リョータがわたしを見《み》た。

かぐや姫《ひめ》が、男子《だんし》になって、かぐや皇子《おうじ》!?　西円洲博士《さいえんすはかせ》、なに考《かんが》えているんだろう。

「でも、これはチャンスだよ。わたしたちがここにいるって、博士《はかせ》は気《き》づいてないもの。」

「うん、すきをみて、カードキーをうばおう。」

屋敷《やしき》のなかから、緊張《きんちょう》した声《こえ》が、きこえてきた。わたしたちは、耳《みみ》をすませた。

「……もうしわけありません。『さぷりめんと』は、いまだ見《み》つかっておりませぬ。そのかわりと言《い》ってはなんですが、よく働《はたら》きそうな若者《わかもの》を四人《にん》、ひっ捕《と》らえてまいりました。」

ちょっと、「よく働《はたら》きそう」って、わたしたちを家来《けらい》にするつもり⁉

「なんだと、まだ見《み》つからないと⁉　新《あたら》しい家来《けらい》を連《つ》れてくるひまがあったら、さっさと探《さが》してまいれ！」

奥《おく》から、怒《いか》りに震《ふる》えた、かぐや皇子《おうじ》があらわれた。やっぱり、西円洲博士《さいえんすはかせ》！

わたしは、庭《にわ》から屋敷《やしき》のなかへ駆《か》けあがり、カードキーを取《と》ろうと、博士《はかせ》にむかって突進《とっしん》した。

「こやつ、かぐや皇子《おうじ》にむかって無礼《ぶれい》な！」

身体《からだ》の大《おお》きい家来《けらい》が、博士《はかせ》の前《まえ》に立《た》ちふさがり、わたしは思《おも》いっきり庭《にわ》へたたきつけられた。

「あかり！」

さつきがさけんだ。

博士《はかせ》は、チラッとわたしを見《み》て、

「ほほう、たしかに『元気者《げんきもの》』だな。では『脳《のう》』をいただいて、十分《じゅうぶん》に働《はたら》かせよう。それまで、この者《もの》たちを、牢《ろう》へ入《い》れておけ。」

博士《はかせ》はそう言《い》うと、屋敷《やしき》の奥《おく》へはいっていった。

わたしは、くやしくて、涙《なみだ》がポロポロこぼれ落《お》ちた……。目《め》の前《まえ》に博士《はかせ》がいるのに。これじゃいつまでたっても、世界《せかい》をもとへもどせないよ。

「博士《はかせ》の顔色《かおいろ》、ずいぶん悪《わる》くないか？」

ガロアが、突然《とつぜん》ヘンなことを言《い》いだした。

「そうかな？　そんなのどうでもいいよ。」

すると、さつきまで、

「そうね、月明《つきあ》かりに照《て》らされているせいもあるけど、目《め》の下《した》にクマができて、頬《ほお》がこけてたわ。科学館《かがくかん》のときのハツラツとしたハンサムぶりが、半減《はんげん》してるわ。」

博士《はかせ》のファンだったさつきは、残念《ざんねん》そうに言《い》った。

「サプリメントだけで、栄養《えいよう》をとっているんだから、顔色《かおいろ》も悪《わる》くなるよ。だいたい、三度《さんど》のご飯《はん》を大切《たいせつ》にしないから……。ン!?　ひらめいた！　わたし、いい考《かんが》えが浮《う》かんだわ。」

これなら、みんなの脳《のう》を、取《と》りかえすことができる！　わたしはお屋敷《やしき》のなかの博士《はかせ》に、話《はな》しかけた。

「かぐや皇子《おうじ》……。さきほどは、興奮《こうふん》しまして失礼《しつれい》しました。じつは、ぜひ皇子《おうじ》にお知《し》らせしたいことがございまして、ついつい夢中《むちゅう》で駆《か》けあがってしまいました。」

さつきがビックリしてこっちを見《み》た。わたしは軽《かる》くウインクして、言葉《ことば》をつづけた。

「博士《はかせ》、じゃない、かぐや皇子《おうじ》。わたくしたちは、『さぷりめんと』を作《つく》ることができるのです。」

「ほんとうか？　だましたら、この者《もの》たちがそのほうらを成敗《せいばい》するぞ……。」

博士《はかせ》の声《こえ》が、はずんだ。

やった！　博士《はかせ》が、興味《きょうみ》をもったぞ。よし、もうひと押《お》し。

「では、さっそくお作《つく》りいたします。台所《だいどころ》へ、案内《あんない》してください。もしも逃《に》げたり、『さぷりめんと』が作《つく》れなかったりしたら、メッタメタのギッタギタに斬《き》りきざんでもけっこうです。」

このチャンスは、ゼッタイに逃《に》がせない。わたしは必死《ひっし》でたのんだ。

「おい、むちゃ言《い》うなよ……。」

そばでリョータがつぶやいてる。

「あとで説明《せつめい》する。とにかく台所《だいどころ》へ行《い》きたいの。」

そう答《こた》えたら、ガロアが突然大《とつぜんおお》きな声《こえ》を出《だ》した。

「そうなのです！　わたしたちは、『さぷりめんと』の国《くに》からきた天才《てんさい》『さぷりめんと』職人《しょくにん》なのでございます！　どうかわたしたちを、台所《だいどころ》……いえ厨《くりや》へ案内《あんない》してくださいませ。」

わたしたちをつかまえたおじさんにむかってうったえてる。それにしても「さぷりめんと」の国《くに》って、大胆《だいたん》なウソだな。こういうの、「心臓《しんぞう》に毛《け》が生《は》えてる」って言《い》うんだよね。

「……『さぷりめんと』職人《しょくにん》だと？」

力《ちから》なく博士《はかせ》がききかえした。どんどん力《ちから》がなくなっている。マジ、倒《たお》れそうだわ。

「かぐや皇子《おうじ》、しっかりなさってください。——よかろう。では、厨《くりや》へ案内《あんない》する。かぐや皇子《おうじ》のために、『さぷりめんと』をお作《つく》りしろ。」

わたしたちは、強《つよ》そうな家来《けらい》たちに囲《かこ》まれて、台所《だいどころ》へ連《つ》れていかれた。

「あかり、説明《せつめい》して。『さぷりめんと』を作《つく》るって、そんなこと、できるの？」

家来《けらい》たちが出《で》ていくなり、さつきが心配《しんぱい》そうにきいた。

「できるよ。だいじょうぶ！　わたしにいい考《かんが》えがあるから。さつき、イソップ童話《どうわ》の世界《せかい》でもらった、袋《ふくろ》を出《だ》して。」

「えっ、袋《ふくろ》？」

さつきが、着物《きもの》をあちこち探《さが》して、たもとから、アリにもらった砂糖《さとう》の小《ちい》さな布袋《ぬのぶくろ》を出《だ》した。

わたしも、小麦粉《こむぎこ》の袋《ふくろ》を出《だ》した。

「これでお菓子《かし》を作《つく》るの。博士《はかせ》にお菓子《かし》の魔法《まほう》をかけて、カードキーを手《て》に入《い》れる。これしかないわ。」

わたしは、台所《だいどころ》のなかを見《み》まわして、お菓子作《かしづく》りに役立《やくだ》ちそうなものを探《さが》した。

大豆《だいず》、カボチャ、ニンジンがあった。そしてこの砂糖《さとう》と小麦粉《こむぎこ》。これだけあれば、だいじょうぶ。

「そんなの無理《むり》だぜ！　あかり、なに考《かんが》えてんだよ！　博士《はかせ》は、ご飯《はん》を食《た》べずにサプリメントをとるって自慢《じまん》してんだぞ。そんなヤツが、お菓子《かし》を食《た》べるわけないじゃないか……。」

リョータが頭《あたま》をかかえて座《すわ》りこんだ。

「博士《はかせ》はわたしたちと勝負《しょうぶ》するのに夢中《むちゅう》で、『脳《のう》の食事《しょくじ》』、つまりサプリメントをとるのを忘《わす》れてたんだわ。だから『かぐや皇子《おうじ》』になってから、顔色《かおいろ》も悪《わる》いし、元気《げんき》もない。いまが、お菓子《かし》の魔法《まほう》をかける最大《さいだい》のチャンスだと思《おも》う。」

わたしは、みんなを見《み》まわして言《い》った。

「そうかもしれない。でも、お菓子《かし》を作《つく》るって、この材料《ざいりょう》でなにかできるのかな？　お菓子作《かしづく》りに欠《か》かせないタマゴもバターもないし……。」

ガロアがじっと材料《ざいりょう》を見《み》ながら言《い》った。

「蒸《む》しパンならできるよ。『イソップ童話《どうわ》』の小麦粉《こむぎこ》と砂糖《さとう》で生地《きじ》を作《つく》り、野菜《やさい》を細《こま》かく刻《きざ》んで混《ま》ぜるの。」

「蒸《む》しパン？　ベーキングパウダーがないじゃない。生地《きじ》がふくらまないわよ。」

心配《しんぱい》そうにさつきがつぶやいた。

「うん。たしかにふわふわにはならないけど、野菜《やさい》を多《おお》めに入《い》れれば、小麦粉《こむぎこ》だけよりかたくならないと思《おも》う。」

「そうかもしれない。でもあかり、たとえうまく作《つく》れたとしても、西円洲博士《さいえんすはかせ》が食《た》べなきゃ意味《いみ》がないじゃん。無理《むり》だよ。」

リョータが投《な》げだすように言《い》った。

「そうだ、材料《ざいりょう》の栄養成分《えいようせいぶん》を説明《せつめい》すれば、博士《はかせ》も興味《きょうみ》をもつんじゃないかな？　たとえば、この大豆《だいず》。豆類《まめるい》にはマンガンがふくまれている。たしか博士《はかせ》がとっていたサプリメントに、マンガンもふくまれていたよね。臼《うす》でひいて、きな粉《こ》を作《つく》って、『マンガンの〝サプリメント〟です。』って言《い》えばどうだろう？」

ガロアの顔《かお》が、パッと明《あか》るくなった。

「そうね、ニンジンとカボチャには、カロチンと食物繊維《しょくもつせんい》が豊富《ほうふ》ね。野菜蒸《やさいむ》しパンは、栄養《えいよう》バッチリのお菓子《かし》ってことね。」

さつきがわたしを見《み》つめた。

「でしょ？　おいしく作《つく》って、栄養素《えいようそ》の説明《せつめい》すれば、きっと博士《はかせ》も興味《きょうみ》をもって食《た》べるよ。あれだけ疲《つか》れているんだもん。ねっ！」

わたしは、自分《じぶん》に言《い》いきかせるように言《い》った。

「そうだな。これにかけてみるか。」

リョータがつぶやいた。

ありがとう。みんな！　がんばって、おいしい「野菜蒸《やさいむ》しパン」を作《つく》ろうね！

「まず、水《みず》と火《ひ》ね。」

台所《だいどころ》、と言《い》ってもキャンプ場《じょう》みたい。ほとんど外《そと》！　水道《すいどう》なんてない。ぐるりと見《み》まわすと、大《おお》きな甕《かめ》があった。

「水《みず》は、ここね。」

「リョータ、火《ひ》はある？」

かまどをのぞいていたリョータが、首《くび》をふった。

「めっちゃ弱火《よわび》……。もうすぐ消《き》えそうだよ。」

ここで消《き》えてしまったら、たいへん。マッチもライターもないんだから……。

「そうだ！」

わたしは、いそいで竹藪《たけやぶ》へ走《はし》り、地面《じめん》に積《つ》もっている竹《たけ》の落《お》ち葉《ば》をかき集《あつ》め、かまどにくべた。

いまにも消《き》えそうだった火《ひ》が、あっというまにオレンジ色《いろ》の炎《ほのお》に変《か》わった。乾《かわ》いた竹《たけ》の葉《は》は、薄《うす》い紙《かみ》のようによく燃《も》えるんだ。

「ふう、これでだいじょうぶ。リョータ、薪《まき》をくべて、鍋《なべ》にお湯《ゆ》をわかして。」

「オッケー。絶対《ぜったい》、火《ひ》を消《け》さないから！ 竹《たけ》に落《お》ち葉《ば》があるなんて、知《し》らなかったぜ。」

「ねえ、あかり。蒸《む》しパンの生地《きじ》を入《い》れる蒸《む》し型《がた》がいるけど、ここには使《つか》えそうなものがないわ。どうしよう？」

さつきが、あちこち探《さが》しながら言《い》った。

「竹《たけ》を伐《き》って使《つか》ったら？ 節《ふし》のところでカットしたら、カップになるよ。竹《たけ》一本《ぽん》あれば、たくさんのカップができる。ぼくが伐《き》ってくるよ。」

ガロアがナタを手《て》に、竹藪《たけやぶ》へ走《はし》った。

「みんなありがとう。さあ、生地作《きじづく》りをはじめよう。」

木《き》の大《おお》きなお椀《わん》に、小麦粉《こむぎこ》、砂糖《さとう》、そしてこの台所《だいどころ》にあった塩《しお》を少《すこ》し入《い》れた。水《みず》をくわえれば生地《きじ》のできあがりだけど、計量《けいりょう》カップも、はかりもない。慎重《しんちょう》にしないと、生地《きじ》がダメになっちゃう。家《いえ》で作《つく》ったときの記憶《きおく》をたよりに、少《すこ》しずつ水《みず》を入《い》れ、混《ま》ぜていく。

「さつきは、ニンジンとカボチャを一センチのさいの目切《めぎ》りにしてね。」

「わかったわ。」

……ふう、どうにか生地《きじ》ができた。次《つぎ》は……大豆《だいず》を粉《こな》にして、きな粉《こ》を作《つく》ろう。えーっと、ひき臼《うす》はないかな？　たしか、月子姫《つきこひめ》に月見《つきみ》ダンゴを作《つく》るとき、使《つか》ったことがあった。

ひき臼《うす》を見《み》つけ、ゴゴッ、ゴゴッと、大豆《だいず》をひいていると、

「お待《ま》たせ……はい、竹《たけ》カップ！」

ガロアが帰《かえ》ってきた。うれしそうにさしだしたガロアの手《て》、傷《きず》だらけだ。

ありがとう、みんな。いつも、いつも、魔法《まほう》の事件《じけん》で迷惑《めいわく》かけて、ゴメンね。わたしの目《め》が、涙《なみだ》でジワッとにじんだ。

生地《きじ》を二つに分《わ》けて、きな粉《こ》とカボチャを入《い》れたもの、ニンジンだけのものと二種類《しゅるい》作《つく》って、

ガロアが作《つく》った竹《たけ》カップに、ていねいに入《い》れた。

「さあ、いよいよ蒸《む》すよ。」

わたしはそう言《い》いながら、ざるの上《うえ》に、生地《きじ》のはいった竹《たけ》カップを並《なら》べた。

グラグラお湯《ゆ》がわいている大鍋《おおなべ》の上《うえ》に、ざるごと置《お》き、板《いた》でふたをして、あとは蒸《む》してできあがり！

「あっ、時計《とけい》がないわ。蒸《む》し時間《じかん》はどうする？」

さつきが心配《しんぱい》そうにきいた。

「ほんとだ。家《いえ》で作《つく》るときは、十五分《ふん》から二十分《ぷん》なんだけど……。」

小麦粉《こむぎこ》も砂糖《さとう》も、一回分《かいぶん》しかない。失敗《しっぱい》したら、作《つく》りなおすことは、できないもの……。

どうしよう……。時計《とけい》がなけりゃ、うまくできない。せっかくここまできたのに。

「原点《げんてん》にもどればいいよ。」

ガロアがそう言《い》って、うなずいた。原点《げんてん》……？

「お菓子《かし》は、見《み》た目《め》、味《あじ》、におい、だろ？　だったら、おいしそうなにおいがしたら、できあがりだよ。」

そうね。大好《だいす》きなお菓子《かし》なのに、神経質《しんけいしつ》になりすぎてたね。作《つく》るわたしたちが、ピリピリしていたら、西円洲《さいえんす》博士《はかせ》に食《た》べてもらえないよね。

みんなで、大鍋《おおなべ》のまわりで、鼻《はな》をヒクヒクさせて、においが変《か》わるのを待《ま》った。

……あっ、カボチャのにおい。つづいてニンジンのにおいもしてきた。そして小麦粉《こむぎこ》のにおい……。

「そうだ、みんな、いまのうちにおぼえておいて。ニンジンとカボチャはカロチンが多《おお》くふくまれている。ファイバー、つまり食物繊維《しょくもつせんい》も豊富《ほうふ》だ。」

鼻《はな》に神経《しんけい》を集中《しゅうちゅう》していたら、ガロアが突然《とつぜん》言《い》いだした。

「えっ、オレもおぼえなきゃダメ？」

リョータがこまった顔《かお》をしてる。

「そうね。サプリメントしか食《た》べない博士《はかせ》には、理屈《りくつ》で迫《せま》って、食《た》べさせるしかないもの。」

さつきがリョータに言《い》った。

「博士《はかせ》の家来《けらい》は大勢《おおぜい》いる。なにが起《お》こるかわからないからね。みんなが博士《はかせ》に説明《せつめい》できるように準備《じゅんび》しておこう。いいかい、生地《きじ》に使《つか》った砂糖《さとう》と小麦粉《こむぎこ》は、脳《のう》の働《はたら》きに欠《か》かせない『糖《とう》』だよ。」

「小麦粉《こむぎこ》って、炭水化物《たんすいかぶつ》でしょ？　なんで糖《とう》なの？」

わたしの頭《あたま》のなかは、混乱《こんらん》してる。

「小麦粉《こむぎこ》の炭水化物《たんすいかぶつ》は、体内《たいない》で分解《ぶんかい》されると、糖《とう》に変《か》わるんだよ。」

ガロアってホントすごい。わたしは大人《おとな》になっても、こんな知識《ちしき》ぜーったい頭《あたま》にはいらないよ。

「そして、生地《きじ》にくわえた、きな粉《こ》。大豆食品《だいずしょくひん》にはマンガンがふくまれている。マンガンは、記《き》憶力《おくりょく》を高《たか》める効果《こうか》があるんだよ。」

「うん、わかった。ありがとう、ガロア。」

そのとき、リョータが鼻《はな》をクンクンさせた。

「なあ、においが変《か》わってきた。もういいんじゃない？」

わたしも鼻《はな》をヒクヒクさせた。

「うーん、もう少《すこ》し。小麦粉《こむぎこ》の粉《こな》のにおいがするわ。これだと、蒸《む》しパンの真《ま》ん中《なか》が、生《なま》だよ。」

わたしは、目《め》を閉《と》じて、鼻《はな》に神経《しんけい》を、集中《しゅうちゅう》させた。

ぷーん、といいにおい、野菜《やさい》のにおい！

「うん！　いいにおい、どう？」

みんなが鼻《はな》をクンクンさせて、ニッコリした。

わたしは、大鍋《おおなべ》を火《ひ》からおろして、ドキドキしながらふたをあけた。

湯気《ゆげ》のなかには……大成功《だいせいこう》だ！

四つの野菜蒸《やさいむ》しパンは、どれも野菜《やさい》がホカホカ、生地《きじ》がツヤツヤに蒸《む》しあがってる。ベーキングパウダーがなくても、おいしそうに蒸《む》しあがってる。

「やったな、あかり。さあ、いそいで博士《はかせ》、いや、かぐや皇子《おうじ》に食《た》べさせようぜ！」

わたしたちは、大満足《だいまんぞく》で台所《だいどころ》を出《で》た。

「かぐや皇子《おうじ》、できました。これがわたしの国《くに》の、『さぷりめんと』です。」

ホカホカ湯気《ゆげ》のたつ、できたての野菜蒸《やさいむ》しパンを、博士《はかせ》にさしだした。

「――この、どこが『さぷりめんと』じゃ⁉　ツヤツヤ、ホカホカしている。食《た》べ物《もの》じゃないか！　そのほうら、だましたな。」

キッと目《め》を見開《みひら》いて、わたしをにらんだ。顔色《かおいろ》が悪《わる》いから、めちゃくちゃこわい顔《かお》。

「かぐや皇子《おうじ》、ここには、きな粉《こ》がはいってます。じゃなかった、大豆《だいず》、つまりマンガンをふくんでいる食品《しょくひん》がはいってます！　マンガンって、記憶《きおく》にいいんだよね！」

わたしは、大声《おおごえ》で言《い》った。

「うるさいぞ！　『さぷりめんと』を作《つく》るなんて、だましおって！　約束《やくそく》どおり、メッタメタのギッタギタにしてくれる。」

博士《はかせ》が、血走《ちばし》った目《め》でにらんだ。

「四角《しかく》いものは、カロチン、ファイバー。そして、白《しろ》のツヤツヤは、糖《とう》と炭水化物《たんすいかぶつ》。炭水化物《たんすいかぶつ》は、分解《ぶんかい》されると、なにになるか、知《し》ってる？」

わたしは必死《ひっし》で話《はな》しかけた。

「うるさい！　この者《もの》たちを捕《と》らえろ！」

博士《はかせ》のひと声《こえ》で、家来《けらい》たちがわたしたちを取《と》りかこんだ。

「炭水化物《たんすいかぶつ》は、分解《ぶんかい》されると……分解《ぶんかい》されると、ええっと……。」

マズイ！　忘《わす》れた。さっきガロアから教《おし》えてもらったのに。ここで博士《はかせ》を説得《せっとく》できなかったら、メッタメタのギッタギタだよ。そのとき、さつきがさけんだ。

「糖《とう》になるのよ！　糖《とう》は脳《のう》のエネルギーよ。」

「そうさ、かぐや皇子《おうじ》の立派《りっぱ》な脳《のう》のために、栄養補給《えいようほきゅう》しないと。疲《つか》れが顔《かお》に出《で》まくって、まるでゾンビだぜ。わかんないだろうけど。さあ、これ食《た》べて。脳《のう》のエネルギーだぜ！」

リョータも必死《ひっし》でさけんでる。

「――ふん。うるさいやつらだ。糖《とう》が脳《のう》の働《はたら》きをよくすることは、常識《じょうしき》ではないか。まぁひと口《くち》だけ、食《た》べてみようか……。」

博士《はかせ》が、ゆっくりと蒸《む》しパンに手《て》をのばした。

わたしたちは、静《しず》かに見《み》つめた。

クンクンとにおいをかいで、パクッとひと口《くち》食《た》べた……。

「おおっ、なんてやさしい口《くち》あたり。ほのかな甘《あま》み、やさしいにおい。ひと口《くち》食《た》べるごとに、元《げん》気《き》が出《で》る。これはすばらしい、立派《りっぱ》な『さぷりめんと』じゃ！」

そう言《い》ってムシャムシャとおいしそうに、一気《いっき》に食《た》べてしまった。

「やった……。食《た》べたわ。」

「うん、おいしそうに食《た》べたね。」

わたしたちは、博士《はかせ》を見守《みまも》った。二つ目《め》に手《て》をのばした、そのとき……！

「……しまった動《うご》けない……。魔法《まほう》に、かかって……しまったようだ……。」

博士《はかせ》の動《うご》きが、ピタッととまった。

カードキーを取《と》らなくちゃ！　そう思《おも》ったそのとき、たもとにはいっている太陽《たいよう》のペンダントが、光《ひかり》を放《はな》ちはじめた。ものすごい光《ひかり》が、あふれだした。わたしは、ペンダントを取《と》りだした。

まるで光《ひかり》の洪水《こうずい》のよう。わたしと、さつき、ガロア、リョータ、博士《はかせ》を包《つつ》みこんでいく。

――やった！　これでもとにもどれる。わたしの魔法《まほう》の才能《さいのう》と、太陽《たいよう》のペンダントのエネルギー。いっしょになって、力《ちから》が生《う》まれるんだ！　そうだ、きっとそう。二つが合《あ》わさって、こうして輝《かがや》くパワーを生《う》むんだ。ありがとう、ペンダント……。光《ひかり》のなかで、わたしはつぶやいた。

「あかりちゃん、あかりちゃん、だいじょうぶですか？」

名前《なまえ》を呼《よ》ぶ声《こえ》で、目《め》がさめた。

「ああっ、ラウラさん……。」

わたしは顔《かお》をあげた。窓《まど》からやさしい陽《ひ》がさしこんでる。

まわりには、さつき、リョータとガロアもいる。そして、人形《にんぎょう》になった、西円洲《さいえんす》博士《はかせ》も。

わたしたちは起《お》きあがり、まわりを見《み》た。

「お店《みせ》にもどってきたのね……。あっ、カードキーは？　早《はや》く、研究所《けんきゅうじょ》へ行《い》かなくちゃ！」

わたしは、あわてて人形《にんぎょう》のそばをさがした。

「あかりちゃん、もう、だいじょうぶですよ。ほら……。」

ラウラさんが、ニッコリ笑《わら》って、お店《みせ》とリビングをつなぐ廊下《ろうか》を指《ゆび》さした。

パパ、ママ、アタルが、お店《みせ》にはいってきた。

「このガラクタは、なんなんだ？」

ノー脳状態《のうじょうたい》のときに、博士《はかせ》からもらった、大《おお》きなリュックをかかえて、三人《にん》は呆然《ぼうぜん》としてる。

あれだけ喜《よろこ》んでいたのに、記憶《きおく》にないんだね。

「おばさんたち、もとにもどってるわ。よかった。きっとうちのママたちも家《いえ》へ帰《かえ》ってるわね。」

さつきがうれしそうに微笑《ほほえ》んだ。

「もとにもどったなら、カードキーは、消《き》えてしまったのかな？」

わたしは、お店《みせ》の床《ゆか》をさがした。すると、

「あれですかしら？」

ラウラさんが、ドールハウスの下《した》に落《お》ちているカードを指《ゆび》さした。わたしはあわててひろいあげた。

「なにこれ!?　みんな、これ見《み》て！」

わたしはみんなにカードを見《み》せた。

「ええっ？　これが、博士《はかせ》のカードキーなの？」

20

さつきが目《め》をまるくした。

「『メインコンピュータ室《しつ》の大切《たいせつ》な鍵《かぎ》だ。』なんて言《い》って。博士《はかせ》にだまされていたんだ。」

リョータがため息《いき》をついた。

みんなで夢中《むちゅう》で追《お》いかけていたものは、にこやかに微笑《ほほえ》む、家族《かぞく》の写真《しゃしん》だった。グローリア伯爵《はくしゃく》、イザベラ、ミカエル、月子姫《つきこひめ》、アンジェラ、マリア、ルシファー。みんなが勢《せい》ぞろいしてる。

メインコンピュータ室《しつ》の鍵《かぎ》だと思《おも》っていたのに……。

「博士《はかせ》は、意地《いじ》を張《は》っていたのね……。」

「えっ？」

「よく考《かんが》えたら、博士《はかせ》は脳《のう》の科学者《かがくしゃ》だもの。三度《さんど》の食事《しょくじ》が大切《たいせつ》だって、わかってるはずよね。」

さつきが写真《しゃしん》を見《み》ながら言《い》った。

「一人《ひとり》でご飯食《はんた》べるのがさびしくて、サプリメントばかり食《た》べてたんじゃないかしら？」

そうかもしれない……。一人《ひとり》でご飯食《はんた》べるのって、おいしくないものね。

「さぁ、ガブリエル人形《にんぎょう》を、ドールハウスに入《い》れてあげよう。」

わたしはやさしく抱《だ》きあげて、みんなが座《すわ》ってるソファに座《すわ》らせた。これで肖像画《しょうぞうが》と同《おな》じ、家《か》族《ぞく》八人《にん》そろったね。幸《しあわ》せそうな人形《にんぎょう》たちを見《み》ていたら、お菓子《かし》を食《た》べて、もっと幸《しあわ》せになりたくなった。そうだ！

「ねぇ、みんなお菓子《かし》を作《つく》らない？　今度《こんど》はふわふわの蒸《む》しパン！　ママ、キッチン使《つか》ってい
い？」

「そうね、いいわよ。ママたち、この荷物《にもつ》を片《かた》づけなくちゃならないし、お腹《なか》もすいてるし
……。あかり、蒸《む》し器《き》の蒸気《じょうき》で火傷《やけど》しないように、気《き》をつけるのよ。」

「うん、わかった。片《かた》づけが終《お》わったら、食《た》べに来《き》てね。」

そして小声《こごえ》で、ドールハウスの人形《にんぎょう》たちにも声《こえ》をかけた。

「ドールハウスのみんなの分《ぶん》も作《つく》るからね。家族《かぞく》みんなで食《た》べてね。」

ガブリエルがうれしそうに、ニコッとした。

12 ラウラさんの秘密《ひみつ》……？

うちのキッチンは、料理好《りょうりず》きのママのおかげで、いつでもピカピカ。それにお菓子《かし》の材料《ざいりょう》がそろっているんだ。

「思《おも》いついたときに、パパッと作《つく》るのが、楽《たの》しいのよ。」と、おやつに手作《てづく》りパイやクッキーを焼《や》いてくれるの。わたしがお菓子作《かしづく》りが好《す》きなのは、このキッチンとママのおかげなんだ。

「ねえ、ねえ、一人《ひとり》ずつオリジナル蒸《む》しパンを作《つく》らない？」

わたしは手《て》を洗《あら》いながら、みんなに提案《ていあん》してみた。

「そうね。トッピングやなかに入《い》れるものを工夫《くふう》したら、いろいろできておもしろそうね。」

さつきの言葉《ことば》に、ガロアとリョータがうなずいた。

「じゃあ決《き》まりだね。はじめに蒸《む》しパンの生地《きじ》を作《つく》ろう。今度《こんど》はベーキングパウダーを入《い》れて、うーんとふわふわになるようにしようね。」

わたしは小麦粉《こむぎこ》、砂糖《さとう》、ベーキングパウダーを量《はか》りながら言《い》った。

「そうね。かぐや皇子《おうじ》の台所《だいどころ》には、ベーキングパウダーはなかったから、蒸《む》しまんじゅうみたいだったものね。」

さつきが小麦粉《こむぎこ》とベーキングパウダーを、ふるいでサラサラにした。そこへ卵《たまご》、塩《しお》、砂糖《さとう》と少《すこ》しのサラダ油《あぶら》と牛乳《ぎゅうにゅう》をくわえて、ささっと混《ま》ぜれば、生地《きじ》のできあがり。

「さあ、いろいろ並《なら》べるから、なにを入《い》れるか考《かんが》えてね。」

野菜《やさい》、果物《くだもの》、ナッツに甘納豆《あまなっとう》、チョコ、ゴマ、レーズン、チーズ、ツナ缶《かん》、ちくわ、ソーセージ、それからケチャップやマヨネーズの調味料類《ちょうみりょうるい》……。冷蔵庫《れいぞうこ》や収納棚《しゅうのうだな》から、手《て》あたりしだいに出《だ》したら、キッチンの作業台《さぎょうだい》の上《うえ》がいっぱいになっちゃった。

「では、オリジナル蒸《む》しパン作《づく》り、スタート！」

うーん、おいしくて、かわいくて、みんなをビックリさせるには、なにを入《い》れたらいいかな？　できあがりを想像《そうぞう》して材料《ざいりょう》を考《かんが》えるって、案外《あんがい》むずかしい。てきとうに入《い》れたら、おいしくないかもしれないし、材料《ざいりょう》もムダになっちゃうもん。うーん、迷《まよ》う。でも、こころがワクワクする。

博士《はかせ》が言《い》っていた「脳《のう》が楽《たの》しんでる」って感《かん》じ。

「脳《のう》を支配《しはい》する」なんておそろしいこともしたけど、博士《はかせ》の言葉《ことば》は、わたしのこころに残《のこ》ってる。新《あたら》しいことにチャレンジするはげみになってる。

なんか、スゴイかも……。よしっ！　みんなが喜《よろこ》ぶ、おいしいオリジナル蒸《む》しパンを考《かんが》えるぞ。

「あかり、できたぜ。オレ一番《ばん》！」

リョータが得意《とくい》げに手《て》をあげた。

「わたしも！」

「ぼくも準備《じゅんび》オッケー。」

さつきとガロアもできあがった。わたしはいろいろ考《かんが》えて、アタルの好《す》きなものを具材《ぐざい》に選《えら》んだ。みんなのカップを、キレイに蒸《む》し器《き》に並《なら》べて、あとは蒸《む》すだけだね。

湯気《ゆげ》がシュンシュンたっている蒸《む》し器《き》のふたを、ミトンをはめた手《て》で、慎重《しんちょう》にあけた。

「では、蒸《む》しはじめるよ。」

蒸《む》し器《き》にふたをした。どんな蒸《む》しパンができるかな？　わたしたちはワクワクしながら、湯気《ゆげ》を見《み》つめた。

「蒸《む》しパンって、奥《おく》が深《ふか》いおやつだわ……。」

できあがった蒸《む》しパンを見《み》て、さつきがつぶやいた。だって、ビックリするほどいろいろな蒸《む》しパンができあがったんだもの！

テーブルの真《ま》ん中《なか》に、ホカホカせいろを置《お》いたら、パパ、ママ、アタル、ラウラさんがやってきた。

「ちょうどいま、蒸《む》しあがったんだよ。さあ、アツアツを食《た》べよう。」

「いただきます！」

みんないっせいに手《て》をのばした。

「うーん、いろいろあって迷《まよ》うぞ。この赤《あか》いの、なに？　トウガラシがはいっていたりして。」

アタルが、指《ゆび》をさしてきいた。

「フフフ、それはわたしが作《つく》ったの。辛《から》いかどうか、食《た》べてみて。」

わたしはお皿《さら》に取《と》って、アタルにわたした。

「ケチャップだ！　なかに刻《きざ》んだソーセージがはいってる。おねえちゃん、これいい！」

口《くち》いっぱいにほおばって、ニコッとした。

「これはチーズがはいってる。トッピングがちくわって、微妙《びみょう》。これリョータ作《さく》？」

さつきがひと口《くちた》食べて、リョータを見《み》ながら言《い》った。

「それ、ぼくが作《つく》った『カルシウム補給《ほきゅう》』蒸《む》しパンだよ！」

ガロアが得意《とくい》げな顔《かお》をした。なんか組《く》み合《あ》わせが不思議《ふしぎ》だけど、本人《ほんにん》は自信作《じしんさく》みたい。

「わたしはこの緑色《みどりいろ》をいただきますわ。」

ラウラさんがパクッと食《た》べた。

「抹茶《まっちゃ》ですね！　なかにはバナナがはいってます。なかなかいいお味《あじ》ですよ。」

「よかった。わたしが作《つく》ったの。わたしも食《た》べようっと。」

さつきが手《て》にしたのは、緑《みどり》と茶色《ちゃいろ》がまざっている怪《あや》しいヤツ。

「チョコと抹茶《まっちゃ》のマーブル、なかに小豆《あずき》がはいってる！　これ、おいしいじゃない。」

さつきが喜《よろこ》んでる。

「そうだろ、甘納豆《あまなっとう》があったから、なかに入《い》れてみたんだ。」

リョータがヘヘンって顔《かお》をした。

「みんな発想《はっそう》が豊《ゆた》かね。意外《いがい》な組《く》み合《あ》わせで楽《たの》しいし、思《おも》った以上《いじょう》においしいわ。」

ママもうれしそう。博士《はかせ》の魔法《まほう》はホントたいへんだったけど、そのおかげで、こうしてみんなで楽《たの》しくお菓子《かし》を作《つく》って、食《た》べて、幸《しあわ》せな気持《きも》ちになってる。博士《はかせ》に感謝《かんしゃ》かな？

……そうだ！　人形《にんぎょう》たちと約束《やくそく》したんだったわ。

わたしはお皿《さら》を持《も》って、お店《みせ》へ行《い》った。

「お待《ま》たせ。みんなのためにチョコレートの蒸《む》しパンを作《つく》ったよ。食《た》べてね。」

わたしはフォークで小《ちい》さくした蒸《む》しパンをドールハウスのみんなの口《くち》に運《はこ》んだ。

小《ちい》さい口《くち》でモグモグしている八人《にん》は、ほんとにかわいい。世界《せかい》を思《おも》いどおりにしようとした魔《ま》法使《ほうつか》いだなんて、とうてい見《み》えない。しあわせ〜な光景《こうけい》だ。

「……そろってしまいましたね……。」

突然声《とつぜんこえ》がして、ビクッとした。

ふりむくと、ラウラさんが立《た》っていた。なんだかいつもと様子《ようす》がちがう。

「ラウラさん⁉ ビックリさせないでよ〜。いま、なんて言《い》ったの？」

「この家《いえ》に、八人《にん》もの魔《ま》法使《ほうつか》いがそろいましたね、と言《い》ったんですよ。」

そう言《い》いながら、ドールハウスをじっと見《み》つめてる。

「うん、大《おお》きなドールハウスもせまく見《み》えるね。でも家族《かぞく》がそろって、うれしそうだよ。ほら、

『せまいながらも、楽《たの》しい我《わ》が家《や》』って言《い》うもんね。」

わたしはイザベラたちに、蒸《む》しパンを食《た》べさせながら答《こた》えた。

「あかりちゃん。話《はなし》がありますの。来《き》てください。」

そう言《い》って、お店《みせ》のドアをあけ、外《そと》へ出《で》ていっちゃった。

えっ？　なんで、わざわざ外《そと》へ？　こんなこと、はじめてだよ……。

わたしは、とまどいながら、ラウラさんのあとを追《お》った。

家《いえ》の前《まえ》、石畳《いしだたみ》の遊歩道《ゆうほどう》が、夕陽《ゆうひ》に照《て》らされオレンジ色《いろ》に染《そ》まってる。前《まえ》を歩《ある》くラウラさんのうしろ姿《すがた》、ピリッとした空気《くうき》がまといついているよう。

「あかりちゃん。ドールハウス、変《か》わったように感《かん》じませんか？　魔法使《まほうつか》いの家族《かぞく》がそろって、喜《よろこ》んでいるような、生《い》き生《い》きしているように見《み》えませんか？」

ふりむきながら、ラウラさんが言《い》った。

「そんなー!?　そりゃあ、もとは魔法使《まほうつか》いの家《いえ》かもしれないけど、いまは人形《にんぎょう》の家《いえ》だもの。」

「いまはそうです。でも、『魔法使《まほうつか》いの家《いえ》に、魔法使《まほうつか》いが八人《にん》もいる。』……そう考《かんが》えると、なにかが起《お》こりそうで心配《しんぱい》です。」

妙《みょう》に真剣《しんけん》な目《め》でわたしを見《み》ている。いったいなにを心配《しんぱい》してるのかな？

今日《きょう》のラウラさん、どうしたんだろう……。いつもとちがう……。

あれ？「いつも」って、なんだろう？

そういえばわたし、どれだけラウラさんのことを知《し》っているんだろう……。

ええっと、小学校《しょうがっこう》四年《ねん》の終《お》わりのころ、お店《みせ》にやってきたアルバイトのお姉《ねえ》さん。ちょっとヘンな日本語《にほんご》をつかうイタリア人《じん》。美人《びじん》でやさしくて。日本《にほん》の古《ふる》い文学《ぶんがく》を勉強《べんきょう》するために、日本《にほん》へ来《き》たって、パパが言《い》ってた。

わたしが知《し》っていることって、これだけ。いつもそばにいるのに、あまりわかってないんだ。

どこに住《す》んでいるの？

年《とし》はいくつ？

家族《かぞく》はいるの？

そして、なぜ魔法使《まほうつか》いの家《いえ》と魔法使《まほうつか》いたちに、なにかが起《お》こるって思《おも》うの？

そう、魔法《まほう》！　ママたちには秘密《ひみつ》にしているのに、どうして、ラウラさんに告白《こくはく》しちゃったんだろう？　魔法事件《まほうじけん》が起《お》こると、ドールハウスの本《ほん》を読《よ》んで、助《たす》けてくれるし……。

ラウラさん、と声《こえ》をかけようとしたら、ラウラさんはもう、お店《みせ》へはいっていくところだった。

夕陽《ゆうひ》に照《て》らされながら、わたしはラウラさんのうしろ姿《すがた》を見《み》つめて考《かんが》えた。

これからまだまだ魔法《まほう》の事件《じけん》が起《お》こるんだろうか？　なんだか、ラウラさんの心配《しんぱい》が、わたしにうつってしまったみたいだ。

「おーい、あかり！」

リョータの声《こえ》がした。あ、みんな……。

「お店《みせ》にいると思《おも》ってたよ。なにかあったの？」

「そうよ、蒸《む》しパンを持《も》って、こんなところに立《た》ってるなんて。」

ガロアとさつきが、笑《わら》いながらわたしを見《み》てる。

あっ、ホント。ラウラさんに呼《よ》ばれて、つい蒸《む》しパン持《も》ったまま、外《そと》へ来《き》ちゃったんだ。

「なんでもないよ。夕焼《ゆうや》けを見《み》ながら食《た》べたら、おいしいかなって思《おも》って。」

わたしは残《のこ》りの蒸《む》しパンをほおばった。

「うん、おいしーい！」

そして、こころのなかで確信《かくしん》した。

――どんなことが起《お》きても、だいじょうぶ。わたしには、たよりになる友《とも》だちと魔法《まほう》大好《だいす》きの気持《きも》ち、そしておいしいお菓子《かし》のパワーがあるんだもん！

頭《あたま》と体《からだ》が元気《げんき》になる野菜《やさい》蒸《む》しパン

蒸《む》しパンは少《すく》ない材料《ざいりょう》で手軽《てがる》にできるお菓子《かし》です。サツマイモとニンジン入《い》りのレシピを紹介《しょうかい》しましたが、あかりちゃんのように、いろいろためしてみても楽《たの》しいですね。野菜《やさい》の味《あじ》をいかすよう、砂糖《さとう》はひかえめです。甘《あま》い蒸《む》しパンを食《た》べたいときは、砂糖《さとう》を70グラムにしてくださいね。

それから蒸《む》しパン作《づく》りには、タネを流《なが》し入《い》れる型《かた》が必要《ひつよう》です。製菓用品売《せいかようひんう》り場《ば》に、蒸《む》しパン用《よう》の型《かた》がありますが、マフィン用《よう》の型《かた》、厚手《あつで》のアルミカップ、紙《かみ》コップを半《はん》分《ぶん》の高《たか》さに切《き》ったもの、ココット型《がた》などでも代用《だいよう》できますよ。おうちにあるもので、工夫《くふう》して作《つく》ってね。

サツマイモ蒸《む》しパンの作《つく》り方《かた》

①サツマイモをよく洗《あら》い、皮《かわ》つきのまま1センチ角《かく》に切《き》り、水《みず》（分量外《ぶんりょうがい》）を入《い》れたボ

ウルに入《い》れ、5〜10分《ぷん》さらします。*こうやって水《みず》につけておくことを「さらす」といいます。
②①をザルにあげ、水気《みずけ》をきり、耐熱皿《たいねつざら》に平《ひら》たく並《なら》べ、ラップをかけて電子《でんし》レンジで1分《ぷん》加熱《かねつ》します。
③ボウルのなかに卵《たまご》、サラダ油《ゆ》、塩《しお》、砂糖《さとう》、牛《ぎゅう》乳《にゅう》を入《い》れて泡立《あわだ》て器《き》で混《ま》ぜあわせます。
④薄力粉《はくりきこ》とベーキングパウダーを合《あ》わせてふるいにかけます。

材料《ざいりょう》　直径《ちょっけい》4cmの型《かた》8個分《こぶん》

サツマイモ　小《しょう》1本《ぽん》(およそ100g)
薄力粉《はくりきこ》　150g
ベーキングパウダー　小《こ》さじ2
砂糖《さとう》　50g
卵《たまご》　1個《こ》
牛乳《ぎゅうにゅう》　75cc
サラダ油《ゆ》　大《おお》さじ1
塩《しお》　ひとつまみ

⑤③のなかに、②と④を入《い》れてヘラでサックリと混《ま》ぜる。長《なが》く混《ま》ぜていると、ふっくらと仕上《しあ》がらないので、混《ま》ぜすぎに注意《ちゅうい》してね! これでタネ(生地《きじ》)のできあがり。
⑥スプーンを使《つか》い、型《かた》のなかに⑤でできたタネを入《い》れます。ひとすくい入《い》れるごとに、型《かた》の底《そこ》をトントンと軽《かる》くたたいて、空気《くうき》をぬくと上手《じょうず》にはいります。蒸《む》すとふくらむので、タネを入《い》れるのは型《かた》の六分目《ぶんめ》くらいまでにしましょう。
⑦蒸《む》し器《き》に湯《ゆ》をはり、火《ひ》にかけて、十分蒸気《じゅうぶんじょうき》があがったら、いったん火《ひ》を止《と》めます。

蒸《む》し器《き》が熱《あつ》くなっているので、注意《ちゅうい》しながら⑥を並《なら》べます。はずしたふたは、蒸気《じょうき》が落《お》ちないように布巾《ふきん》を巻《ま》いてからもどします。中火《ちゅうび》で約《やく》12～15分《ふん》蒸《む》し、竹串《たけぐし》などをさして、タネがつかなかったらできあがり。

ニンジン蒸《む》しパンの作《つく》り方《かた》

材料《ざいりょう》

ニンジン　小《しょう》1本《ぽん》（およそ100g）
薄力粉《はくりきこ》　150g
ベーキングパウダー　小《こ》さじ2
砂糖《さとう》　50g
卵《たまご》　1個《こ》
牛乳《ぎゅうにゅう》　30cc
サラダ油《ゆ》　大《おお》さじ1
レモン汁《じる》　少々《しょうしょう》

①ニンジンは皮《かわ》をむいてから、おろし金《がね》ですりおろします。ボウルにうつし、レモン汁《じる》をくわえ、さっと混《ま》ぜておきます。

＊レモン汁《じる》をくわえると、ニンジンの色《いろ》が黒《くろ》っぽくなるのをふせぐことができます。

②あとは、「サツマイモ蒸《む》しパン」の③～⑦まで同《おな》じ手順《てじゅん》でおいしく作《つく》れます。

〈あかりちゃんから、アドバイス！〉

蒸《む》し器《き》がない場合《ばあい》は、あまり深《ふか》くない鍋《なべ》に、熱々《あつあつ》のお湯《ゆ》を1〜2センチほどはって、そこにタネを入《い》れた容器《ようき》を直接入《ちょくせつい》れ、ふたをして加熱《かねつ》する方法《ほうほう》があるよ。蒸《む》し時間《じかん》は、蒸《む》し器《き》の場合《ばあい》と同《おな》じ。熱湯《ねっとう》を使《つか》うので、注意《ちゅうい》してね。

それから、守《まも》ってもらいたいことが二つあります。

一つめは、必《かなら》ず、ココット型《がた》などの耐熱容器《たいねつようき》を使《つか》うっていうこと。器《うつわ》が熱《あつ》くなって、割《わ》れたりすると危《あぶ》ないからね。また、お湯《ゆ》に直接《ちょくせつ》つけるから、紙《かみ》コップや、つぎめのあるアルミの型《かた》などは、使《つか》えないよ。

二つめは、ふたについた水滴《すいてき》が、タネに落《お》ちないように、ふたを布巾《ふきん》で巻《ま》きますが、このとき、布巾《ふきん》の端《はし》がたれて、コンロの火《ひ》に引火《いんか》したりしないように注意《ちゅうい》してほしいということです！

あとがき

　こんにちは、お元気《げんき》ですか？　つくもようこです。

「はじめまして！」の人《ひと》も「おひさしぶり！」の人《ひと》も、読《よ》んでくださってどうもありがとうございました。

　のんびりしながらも、『魔女館《まじょやかた》』シリーズ五巻目《かんめ》です。ここまで続《つづ》きましたのも、読者《どくしゃ》のみなさんのおかげです。感謝《かんしゃ》の気持《きも》ちでいっぱいです。

　今回《こんかい》のお話《はなし》、いかがでしたでしょうか？

　わたしはこの原稿《げんこう》を書《か》いている途中《とちゅう》、何度《なんど》も散歩《さんぽ》に出《で》て、ストーリーを考《かんが》えました。

　元気《げんき》いっぱいのあかりちゃんや、どんどんふえる魔法使《まほうつか》いたちは、みんなわがまま。お話《はなし》を自分《じぶん》の都合《つごう》のいいほうにもっていこうとします。でも、ストーリーを勝手《かって》に変《か》えられては、こまります！

　そんなときは、思《おも》いきってパソコンのスイッチを切《き》って外《そと》へ出《で》ます。

　作家《さっか》さんによっていろいろですが、わたしは机《つくえ》に座《すわ》りつづけて考《かんが》えているより、体《からだ》を動《うご》かしながら考《かんが》えたほうが、アイディアが浮《う》かんでくるのです。

行《い》き先《さき》は、いつも同《おな》じ。鴨川《かもがわ》という、おだやかな流《なが》れの美《うつく》しい川《かわ》です。川《かわ》ぞいに遊歩道《ゆうほどう》や公園《こうえん》が整備《せいび》されていて、絶好《ぜっこう》の散歩《さんぽ》コースです。

それに（ここが大切《たいせつ》）車《くるま》は進入禁止《しんにゅうきんし》、考《かんが》えごとをしながら歩《ある》いていても安心《あんしん》です。散歩《さんぽ》といっても、わたしの頭《あたま》のなかは、イザベラやあかりちゃん、ラウラさんたちのコトでいっぱい。

「うーん……。」とか「そうだ！」なんて、ときには独《ひと》りごとを言《い》いながら、前《まえ》を見《み》てガシガシ、ズンズンとまっすぐ進《すす》んでいますから。そして、しばらく歩《ある》いていると……。

あら、いい香《かお》り……。

風《かぜ》が、花《はな》の香《かお》りを運《はこ》んできました。ハッとしてあたりを見《み》まわすと、足《あし》もとにかわいい花《はな》が咲《さ》いていました。顔《かお》を上《あ》げると、川面《かわも》はキラキラと輝《かがや》き、広《ひろ》い空《そら》に鳶《とび》が優雅《ゆうが》に舞《ま》っています。

いつもそうなのですが、考《かんが》えごとに夢中《むちゅう》になりすぎて、周囲《しゅうい》を見《み》る余裕《よゆう》がなかったのです。

立《た》ち止《ど》まって、ゆっくりと深呼吸《しんこきゅう》してみました。新鮮《しんせん》な空気《くうき》を、胸《むね》いっぱいに吸《す》いこむと、とってもいい気持《きも》ち！　あせってピリピリしていたこころが、やわらかーくほどけてきます。

ちょっと考《かんが》えごとは休憩《きゅうけい》。

ベンチに腰《こし》かけて、流《なが》れゆく雲《くも》や、水鳥《みずとり》たちをながめていると……。